你是星光燦爛的緣由

The Stars Twinkle Because of You

Misa——著

我太晚才發覺，
一直是你，璀璨了我的夜空。

楔子

指尖停滯在螢幕上方，我看著那個曾經熟悉的名字，如今卻覺得陌生無比。

果然，這個世界上唯一不會變的事情，就是「改變」這件事。

手機螢幕暗下，我重新解鎖，然而一看見他的名字又猶豫了。

即便已經在腦中反覆演練多次，即便已經知道這是我們之間唯一的結局，眞正要實行時仍是如此艱難。

但勢必得這麼做，遲早都得這麼做，也早該這麼做了。

我深吸一口氣，點選了他的名字，電話隨即撥出。將手機貼在耳邊聽著冰冷的撥號聲，奇怪的是，在撥出電話前，我明明那麼猶豫，此刻卻沒料想中慌張，取而代之的是平靜。

「……喂？」他的聲音聽起來帶著遲疑，我想對於這通電話的目的，我們都有預感。

「你好嗎？」我的另一隻手捏緊一旁的枕頭。我並不傷心，也稱不上緊張，反而期待著說出口後的解脫感。

這樣的心境曾經讓我非常惶恐，甚至懷抱罪惡感，但如今，這些情緒也都消失了。

「嗯，妳最近越來越厲害了。」他頓了一下，「也越來越忙了。」

「事實上是，我們都很忙。」我扯了扯嘴角，「所以……爲什麼我們都還不說出那句話呢？」

「我答應過妳……」

「我們當時都太年輕了，不知道有些事並沒有我們想的那麼簡單，也不知道……」我深吸一口氣，「也不知道自己眞正的想法。」

他沒有反駁。

「那爲什麼，我們都還不說呢？」

我有點想哭，不是因爲悲傷，而是因爲一段關係即將消逝所產生的無奈。

「對不起……」他說出了這句話。

對此，我傷心，卻又慶幸。

我終於能夠安心了。

「我們可以分手了，殷硯。」

因爲，我們都沒有錯。

第一章

「歡迎收聽『點點滴滴』，我是點點。」

「我是滴滴。」

「唉唷，今天這麼簡短，就『我是滴滴』四個字而已？」女主持人點點調侃男主持人滴滴。

「點點滴滴」在臺灣是收聽率排行前三的廣播節目，這都得歸功於點點與滴滴這兩位功力深厚的主持人。

憑著逗趣的互動方式及豐富的節目內容，他們成功打進年輕族群，成爲年輕人喜愛的節目之一，特別是多年前在節目中的一起告白事件，至今依然保有討論熱度，甚至被譽爲電臺傳說。

點點與滴滴除了是主持人，聲線好聽的他們更參與過多部卡通的配音，在網路上也勤於和聽眾互動，然而他們從來沒有曝光過長相。

兩人的理由是，如果有一天節目熄燈了，他們必須另覓工作的話，這樣比較不會因爲曾經算是半個公眾人物，而面臨不必要的尷尬。

這理由算是挺實際的，大家也就這麼接受了，令他們得以繼續維持神祕感。

「吼，妳不要故意損我了，我們現場可是有重量級來賓呢。」滴滴摸著下巴，他戴著黑框眼鏡，臉型是標準的巴掌臉，不僅五官好看得連女人都會嫉妒，皮膚還十分細緻。

「我知道呀，你可是千求萬求，才終於請到了這位來賓。」語氣和表情誇張的點點，擁有看起來比實際年齡年輕許多的可愛外表，相較於滴滴的尖臉，點點圓圓的臉龐如蘋果般紅潤。

「好的好的，別說廢話了，再不歡迎我們的來賓，粉絲們都要暴動了。」點點和滴滴同時看向我，我笑了下，身體微微往前靠向收音的麥克風。

「今天非常榮幸邀請到了各位期待已久的……樓有葳！」點點轉動音控臺的某個旋鈕，我的耳機裡跟著響起一陣鼓掌的罐頭音效。

「熱烈歡迎！」滴滴也奮力拍手，敬業十足，我再次笑了笑。

「各位好，點點滴滴你們好，我是樓有葳。」我開口。

我認為廣播節目和現場活動最有趣的差異是，播出當下除非接聽來電或查看即時留言，否則無法得知聽眾的反應，也無法得知有多少人正在收聽，更看不見他們的表情，不會曉得他們是一邊做其他事一邊把節目當背景音樂，還是認眞地聽著。

在演藝圈的各種工作之中，廣播與配音是最讓我覺得特別的。

「聽說妳最近有新的電影作品要上映了？等等，在電影上映之前，是不是會先推出新單曲？」點點看著手上的主持稿內容。

「在發行單曲前，還有新廣告對吧？正好今天中午進行了完整版的首播，十多分鐘裡同時在線觀看人數達到兩萬人之多。哇！有葳，妳這樣小小的身體，哪來這麼多力氣做這麼多事呀？」滴滴讚歎。

「因爲我很喜歡表演，所以一點也不覺得累。非常感謝大家給我的支持與鼓勵，讓我有機會嘗試這麼多不同的工作。」

這是實話，我從小就明白自己未來一定會站在鎂光燈下。聽起來很自負，不過這確實是我一直以來的認知。

「如果是別人來說這番話可能有點官腔，但由妳說出口，不曉得爲什麼，就是有種眞誠的感覺。」滴滴的嗓音放軟，好聽極了。

「其實有葳這次願意上我們這小小的節目，除了因爲滴滴死纏爛打邀請以外，也是因爲多年前我們曾在練習發聲錄音公司合作過，結下了緣分。當時這個消息並未公開，可是聽說依然有死忠粉絲發現了對吧？」

「沒錯，我震驚之餘又感覺有些失落，畢竟這表示我並沒有演出另一個人的聲音，仍然聽得出是樓有葳的聲音。」我坦白說出自己的想法。

「天啊，妳太要求自己了，雖然大概也就是這樣的高度自我要求，使妳不斷進步，現在無論妳爲哪個角色配音，在妳自己承認以前，粉絲們好像都不太能確定了對吧？」點點說完，開始細數這些年來我的配音作品，我不禁害羞，卻又十分驕傲。

「對於能夠走到今天，我眞的很感謝自己身邊的每一位貴人，感謝粉絲們，感謝這一切。」我發自內心地說。

「唉，像有葳這麼謙虛的藝人眞的很少見，那麼接下來我們就來爲粉絲們討些小福利

吧！我們先前透過網路蒐集了不少粉絲的疑問，要麻煩有葳解惑一下了。」滴滴拿起旁邊的箱子，裡頭放了滿滿的紙條，他頓時皺眉，「看樣子回答不完啊。」

我們都笑了起來，點點接著說：「如果有時間的話，我們還會開放call-in，這應該沒問題吧？」

「當然沒問題，歡迎大家打電話進來與我互動。」粉絲們的提問大多不出那些，再加上撥進電臺的電話其實都會經過第一層過濾，所以不用太擔心會出現難以招架的問題。

「那我們首先還是要好好地跟有葳聊一下，各位，你們真的有福了，今天滿滿一個小時全是樓有葳的專訪！」點點提高音調。

「要是收聽率夠高，也許可以延長節目時間，變成兩個小時喔。」我以爲滴滴是在開玩笑，卻看見主控室的導播豎起了大拇指，我的經紀人也頷首。

所以今天是兩個小時的錄音行程？難怪經紀人沒有在之後幫我安排其他工作。那麼我必須傳簡訊跟他說一下，要他晚一個小時抵達才行。

但現在節目直播中，沒辦法使用手機，看來只能等廣告時間速戰速決了。

「哇，妳相信嗎？線上收聽人數快達到三萬了，即時聊天室的留言也非常熱烈，看樣子有葳今天眞的得在這邊待兩個小時嘍。」點點手指滑著平板螢幕，讓我查看留言。

「而且我們的節目還是不露臉的，眞是感謝大家依舊這麼熱情。」滴滴裝出哭腔，「抱歉，我和點點長得太醜不能曝光，連帶地讓大家也看不見漂亮的有葳了，我們會代替各位聽眾好好看著她的。」

「什麼太醜，別把我也算進去，你自己醜就好。」點點大笑，「別鬧了，我們再亂扯下去，聽眾會想轉臺的，快點把話題帶到有葳身上吧。」

「好的，馬上進入正題。想請問有葳，妳在以前的訪談中提過，妳從小就認定自己以後會從事演藝相關行業，那請問是在幾歲的時候，以及爲什麼呢？」

「我的確從小就這麼想，這大概是因爲……」我輕笑一聲，想起了她。

✦

第一次看見她，是在我五歲的時候。

當時我一邊吃布丁一邊看電視，而那個幾乎是我這輩子見過最美的女人就這麼出現在螢幕裡。

她雙唇紅潤，眼神帶著一絲慵懶和不可一世，漂亮的波浪短髮以及白皙的肌膚，和她耳上的黑珍珠耳環形成強烈對比。

她微微一笑，注視著鏡頭的模樣彷彿要勾去我的魂魄，這瞬間我的湯匙掉了下來，布丁散落一地，但我卻目不轉睛。

「哎呀，有葳，妳怎麼吃得掉滿地？」媽媽抽了張衛生紙幫我擦臉頰和地板，又拿了根新的湯匙給我。

我只是呆呆地盯著電視，媽媽不禁好奇，「在看什麼，這麼專心……哎呀，是姬雪啊。」

「姬雪？」那個女人在電視裡唱著歌，她優雅的模樣和特別的嗓音，就像仙女下凡一樣。

「她曾經很紅喔，媽媽以前也很喜歡她呢。」

「現在呢？」

媽媽皺眉，「現在呀，因為一些事情，所以她沒有再上電視了，也沒有唱歌演戲了。」

「可是她現在在電視上啊。」我說。

「那是以前的節目了。」

「她是因為什麼事不唱歌了？」

「小孩子不要問那麼多。」媽媽摸了摸我的臉頰，「快點吃布丁吧。」

媽媽說完就返回廚房準備晚餐，而我一口口吃著布丁，依舊盯著電視看，覺得好可惜。她這麼漂亮，居然不繼續唱歌了嗎？

姬雪在我的內心留下了衝擊性的強烈印象，每當想到她，那幕在電視上唱歌的畫面總是閃閃發光。

後來，我在媽媽少女時代用來收藏明星剪報和周邊的盒子中，找到了一些姬雪的資料，並將她的照片與海報貼在我的房間。隨著年紀增長，我學會了使用網路搜尋，再加上電視節目三不五時就會提及姬雪的傳奇，所以即便這位明星在我出生前就消失在螢光幕了，我還是對她有了不少認識。

姬雪是因爲與張姓富商有了私生女而退出演藝圈，雖然這個傳聞並未獲得證實，但媽媽說過，演藝圈的一切即便眞假難辨，很多時候仍是無風不起浪。

不過這又如何？就算姬雪眞的有過一段不倫戀情，也不影響她帶給我的震撼。

「樓有葳，作文題目是『我最尊敬的人』，妳知道嗎？」老師眉頭深鎖，看了下我的作文，抬眼詢問。

「我知道呀，我寫了兩頁呢！」我用力點頭，這可是我的嘔心瀝血之作。

「一般來說不是會寫爸爸媽媽，或是偉人之類的嗎？」

即使我當時才小學三年級，也認爲老師這番話太過古板。都什麼時代了，誰還會寫什麼偉人？

「我寫姬雪不行嗎？她也是名人呀。」

我在作文中寫下我第一次在電視上看到姬雪，就被她深深吸引，甚至決定自己以後也要踏入演藝圈，以及這些年來我透過報章雜誌所看見的姬雪。她從一個默默無名的鄉下女孩，變成家喻戶曉的大明星，這段努力的歷程深深感動了我。

「寫姬雪不是不行……可是……」老師似乎在苦惱如何跟我說明。

我忽然意識到，老師想說的是姬雪引退的原因。

「老師是覺得姬雪和已經結婚的男人亂搞，所以不行嗎？」

「什麼亂……妳從哪裡學來這種詞的？」老師顯得十分驚訝。

「不然爲什麼寫姬雪不行呢？我看小明還寫尊敬變形金剛呢！」而且老師給小明的分數是八十三，寫變形金剛都可以拿八十三分了，我這樣文情並茂的作文卻被找來問話？

我覺得很不公平，老師和媽媽都說過，遇到不懂的事情要發問，不能因爲怕被罵就悶在心裡，所以我問了。

結果下場是，老師打了電話給媽媽，跟她說我在作文裡寫尊敬的人是姬雪，好像我做了什麼壞事一樣，我還聽到老師說了「道德偏差」、「擔憂」之類的字眼。

媽媽並沒有爲了這件事責備我，不過她也沒有反駁老師，她只是拉著我的手，告訴我：「妳沒做錯什麼，老師的擔心也沒錯，有時候一件事並不見得有對錯之分，可是當雙方立場不同、無法站在對方的角度設想時，表面上就變成有所謂的對錯了。」

我當時聽不懂媽媽的意思，兀自哭個不停，這個事件在我的內心深處埋下了一個認知——

世人並不會因爲你做了多少好事，或是你有多偉大的成就而對你特別寬容。相反的，當你站得越高，人們便越期待你跌落的那天，他們會笑著說原來你也是平凡人，你也會犯錯。

好像這麼說就能掩飾他們對於自身平庸的自卑。

所以我得到的結論就是，人不能犯錯，尤其是公眾人物。

你一旦犯錯，一旦不那麼完美，旁人便樂見你的隕落，甚至還會落井下石，放大妳的錯誤。

因此，雖然我把姬雪奉爲女神，卻再也沒說過我喜歡她，也沒再告訴任何人，她就是讓我動念踏入演藝圈的緣由。

我崇拜姬雪，也將她當作借鏡。

✦

「未來的夢想？不覺得這題目太老套了嗎？我們都國三了，這是小學生在寫的吧。」熊妍托著腮，手指在作文紙上寫了題目的地方輕點。

「明明是『給十五年後的我的一封信』，妳幹麼自己亂改題目？」我嘖了聲，順手戳了下熊妍的額頭。

「唉唷，樓有葳，妳怎麼會這麼漂亮？」熊妍突然盯著我瞧，「我會不會愛上妳了？難道我是同性戀嗎？」

「妳有病呀。」我翻了個白眼，「妳真的想追我也不是不行，但我以後要當明星，所以妳得忍受不能公開戀情的痛苦喔。」

「哇，我說的話已經夠瘋了，沒想到妳的發言比我還瘋。」熊妍起身拍了兩下手，「各位，樓有葳說她以後要當明星，我們鼓掌請她表演唱歌跳舞好不好？」

大家還眞的在熊妍的煽動下奮力拍手起鬨，於是我站起身，清清嗓子。如果沒辦法隨傳隨上，那還妄想當什麼明星？

我開口，清唱了姬雪當年的成名曲。即便我們這一代對姬雪並不熟悉，卻一定都聽過這首歌，而從大家瞠目結舌的模樣來看，我知道自己唱得還不錯。

一曲結束，全班同學先是一愣，接著響起了如雷掌聲。

「天啊，我好像真的要愛上妳了！」熊妍衝上來親我的臉頰，我費了不少力氣才推開她。

「樓有葳，妳唱歌太好聽了，要不要加入合唱團？」戴著黑框眼鏡的李耿安興奮地邀請我，他是合唱團的團長。

「讓我考慮一下。」我目前已經參加了熱舞社，要是忙不過來就麻煩了。

「怎麼每個人都還沒回到位子上？上課鐘都打多久了？」班導走進教室，不可思議地環顧我們，他的身後還跟著一個人，就站在教室門外。

「轉學生嗎？」熊妍在轉回身子前低聲說，「怎麼會有人在國三時轉來？」

「你進來吧。」大家都坐好後，班導才招手要外頭的人進來，探頭探腦的同學們一確定對方的性別，男生紛紛嘆氣，女生則是驚呼。

轉學生是一名高眺的男孩，他的氣質和班上的男生們都不同，眼神有些憂鬱，表情淡然。他沒有情緒似的掃視大家，隨後在黑板上寫下自己的名字，開口說：「我叫殷硯。」

「殷硯這學期轉到我們班，大家多多照顧他。」導師指了指我旁邊的靠窗空位，「你坐樓有葳旁邊。樓有葳，舉手。」

「哇，帥哥耶！」熊妍轉過頭對我豎起大拇指，我扯扯嘴角說了句「無聊」，舉起手讓殷硯知道我的位置。

殷硯的視線落到我身上，接著瞪大眼睛，迅速衝了過來。大家都被嚇了一跳，我還來不及反應，他已經抓住我兩邊的肩膀，「小品！」

「小品？」我複述，也被他眼中的急迫嚇到了。

他審視我的臉，又稍稍後退了點，上下打量我，甚至摸上了我的頭髮。

熊妍低聲驚呼，並倒抽一口氣，而我在殷硯的眼中瞧見了失落。

「不……我認錯人了。」他鬆開我的肩膀，往後一退並朝我鞠躬，「對不起。」

「不會……」我愣愣地回。

「殷硯，你怎麼了嗎？」這突如其來的狀況也讓班導一頭霧水。

「對不起，我認錯人了，沒事。」殷硯慎重地向全班同學彎腰道歉，再轉向我，「對不起。」

「不用這樣啦……」我有點彆扭起來。

他的目光在我的臉上停留一會，才坐到了他的位子上。

我的心臟怦怦直跳，被他碰觸過的肩膀感覺好熱，不曉得是因爲他的眼神，還是因爲從來沒有男生這樣碰過我，又或者我只是被嚇著了，甚至是因爲他長得太帥氣，我才會有這種錯覺。

總之，當時殷硯令我留下了相當深刻的印象。

下課後，班上幾個女生打算過來找殷硯聊天，男生們亦然，殷硯卻直接走出教室，孤獨一匹狼似的。

「轉學生不是應該坐在位子上等人來搭訕嗎？」熊妍的想法雖然刻板，但也不無道理。

快要上課時，殷硯才回到教室，就這樣捨棄了和大家拉近距離的機會。

我對他產生了好奇，不禁多看了他幾眼。殷硯的鼻梁高挺，坐姿端正，握著自動筆的手指纖長而白皙，沒見過男孩子的手指這麼漂亮的。

他盯著黑板，不時垂眸抄寫筆記，細長的睫毛在他的下眼瞼處落下陰影。也許是因爲他的肌膚夠白，睫毛的影子才會這麼清楚。

忽然，我從一旁的窗戶瞧見自己偷看他的蠢樣，於是輕咳一聲，趕緊把注意力移回黑板上，卻不自覺在課本寫下「殷硯」兩個字。

由於上堂課下課後，殷硯轉眼就不見人影，所以這次下課大家很有默契地要把他留住，尤其是熊妍，殷硯一起身，她便立刻喊他的名字：「殷硯！」

殷硯一怔，東張西望了一下，確認是熊妍在喊他後，他才露出一抹禮貌性的微笑：「妳在叫我嗎？」

「不然有別人叫你嗎？」熊妍名字可愛，身材也嬌小，說起話來卻是直來直往，一點也不走可愛路線。

殷硯有些尷尬，「因爲我們不認識，所以我才……」

「當然不認識啦，你今天剛轉學過來，結果一下課就跑掉，都不給我們認識你的機會。」熊妍拿起她的課本，翻開寫有自己名字的那頁，「我叫熊妍。」

她介紹了自己還不夠，又翻開我的課本，「她叫做樓有葳。」

我正要露出微笑，就看見殷硯後方那扇窗外的走廊上，站了一個漂亮的女孩，她的五官立體，有如混血兒一般。女孩緊皺著秀眉，手掌撐在窗沿，上下打量著我，「樓有葳，妳有雙胞胎姊妹嗎？」

「妳是誰？」熊妍沒好氣地代替我回應，「樓有葳沒有雙胞胎姊妹。」

「那有姊姊或妹妹嗎？」那女孩又問。

「也沒有，樓有葳是獨生女。」熊妍嘟嘴，「妳到底是誰，好沒禮貌。」

「余潔，別這樣。」殷硯回過頭。原來他們認識！

「明明長得這麼像……」名爲余潔的女孩瞇起眼，「不，仔細一看，其實很不一樣。」

「這是怎麼回事？你們認識我？」

「妳只是以後想當明星，可不是現在就是明星了，誰會認識妳呀。」熊妍吐槽，我嘖了聲。

「妳以後想當明星？」殷硯的視線落回我身上。

很多時候，當我提及以後想當明星，都會換來嘲諷或敷衍，有些惡毒的人還會說出「想當藝人可不是長得漂亮就好」，或是「妳這種在演藝圈只是路人等級」之類的話。

雖然我不太放在心上，畢竟這個夢想聽起來確實可笑，等到我成功的那一天，大家就不會再笑了。

只是當遭到嘲笑時，偶爾還是會覺得有點難過。

此刻，我已經做好了心理準備，不管他們的反應是諷刺我還是隨口敷衍鼓勵，我都不會意外。

然而，殷硯僅是和余潔對視一眼，「小品很怕鏡頭，不會是她。」

「這世界眞可怕，這樣都能遇見相像的人。」余潔搖搖頭。

「你們從剛才就在講誰？」

「我們的一個朋友，她跟妳長得很像。不好意思讓妳困擾了。」余潔簡短地回答，「我先回教室了，下一堂是音樂課。」

「嗯。」殷硯和她道別，坐回了位子上。

「欸，殷硯，那個女生不會是你的女朋友吧？」熊妍馬上湊到他桌邊。

「不是，是認識很久的朋友。」殷硯否認。

「青梅竹馬？」這一次換我問。

「算是吧。」殷硯盯著我，「妳眞的想當明星？」

「是呀。」我說得理直氣壯，「我五歲時就決定了。」

「妳是因爲什麼契機想當明星？」他的問題讓我一愣，從沒有人這麼問過我。

可是，由於國小那時的作文事件，我學到了不能講出實話，因此我聳聳肩，只說是某天在電視上看見某位藝人唱歌，所以產生了這個想法。

「能因爲別人幾分鐘的演出就決定未來志向，還持續這麼長一段時間，可見那個藝人對妳來說影響眞的很深。」

「那你呢，你有夢想嗎？」我問。

他神情一沉，欲言又止，接著搖搖頭。

那模樣很難形容，即便是當時才十五歲的我都曉得，會露出這種表情的十五歲少年少之又少。

我正要多問兩句，熊妍卻哈哈笑著，拿出了早先寫有作文題目的稿紙，「殷硯，沒有夢想可不行喔，這樣你怎麼知道要寫什麼話給十五年後的自己呢？」

「這是作文題目？」

「對，樓有葳要當明星，而我要當律師。」

「妳什麼時候要當律師了？」我狐疑。

「就在剛才。」她挑眉。

「十五年後……」他輕聲喃喃。

那天殷硯的樣子在我的腦中揮之不去，他看起來沒有夢想，作文卻寫得很好，甚至是全班前幾高分，而我的「明星夢」則被老師給了「加油:)」這個評語，看似鼓勵，但後面那個笑臉擺明了老師也認爲我不切實際。

而殷硯雖然坐在我的旁邊，我和熊妍在班上也算是殷硯比較會主動交談的對象，不過我依舊和他不熟悉。

這位光彩奪目的男孩，每到下課總是和另一位光彩奪目的女孩走在一塊，大家都謠傳這兩位轉學生是情侶，可是當事者始終否認——是的，余潔和殷硯是同時轉學過來的。

聽說他們的父母原本希望校方能安排他們同班，但有缺額的班級都僅缺一人，所以他們依舊被分在了不同班。

連彼此的父母都有這等交情，就算說他們是普通朋友，也沒人會相信吧。

殷硯和余潔因此成了學校裡的傳奇人物，他們擁有引人注目的外表，卻十分低調。

我原本猜想，他們下課時可能都在哪裡偷偷約會，然而某次我去圖書館借閱有關姬雪的書籍時，瞧見了他們兩個待在圖書館。

他們分別坐在偌大的閱覽桌兩端，靜靜地看書，並沒有互動，眼神也沒有交流。

白色窗簾隨著外頭的風飄動，殷硯的頭髮也是，而余潔嫌煩似的將長髮綁了起來。即便如此，他們仍沒有對視，畫面卻美得有如一幅畫，我像個偷窺狂待在暗處，被這一幕深深吸引。

那瞬間，我理解了一件事。

他們確實沒有在交往，不過他們之間肯定有某種難以斷開的緣分。

✦

「樓有葳，妳現在有空嗎？」

由於殷硯有意迴避，班上的同學們都和他維持著不冷不熱的關係，但這天放學時，我與熊妍正準備去吃冰，卻被余潔叫住了。

我幾乎沒和余潔說過話，頂多是看著她來教室找殷硯，然後兩人一起離開。

所以，當她一如往常來和殷硯會合，卻與我搭話時，我和熊妍都瞪大眼睛。

「怎麼了？」

「和我們一起去吃冰好嗎？」余潔指了指她自己和殷硯。

「我們也打算去吃冰，一起吧！」熊妍反過來邀約，可是余潔皺了眉頭。

「抱歉，我們只想找樓有葳。」

哇，余潔這直來直往的程度不亞於熊妍。

熊妍大概沒遇過講話跟她一樣白目……直接的人，她的眼睛瞪得更大了，「爲什麼要排擠我？」

「不是排擠妳，是我根本不認識妳。」余潔看向我，「樓有葳，我誠摯邀請妳，務必要一起來。」

這是什麼狀況？我的目光在余潔和殷硯身上來回打量，忽略了在旁邊嚷嚷的熊妍。

「一起來吧。」殷硯出聲。

看在殷硯難得開口的分上，我答應了。

「樓有葳，妳這個叛徒！以後如果妳眞的變成明星，我一定要上電視爆料妳國中時見色忘友！」目送我們離去時，熊妍嘴上喊著，我回頭對她揮揮手。

「妳可以等成為律師以後再來告我。」

這句話令殷硯笑了出來，雖然只是輕扯嘴角，不過的確是笑了。不知為何，這讓我有點高興。

「樓有葳。」余潔的臉龐忽然出現在視線裡，我頓時一驚，不自然地咳了兩聲，深怕她以為我一直盯著殷硯看。

「我和殷硯從國小就認識了，我們以前有一群朋友。」余潔的話沒頭沒腦的。

我們越過斑馬線，來到學校對面巷子轉角處的冰店，我正要進去，余潔卻拉住我。

「我們是要去咖啡廳，不是冰店。」

「可是妳剛才說……」

「我們是怕熊妍跟來。」殷硯朝下一條巷子走去。

為什麼防熊妍防得這麼徹底？難道他們是要把我抓去賣了？

「等等有另一個我們的朋友也會來，我們想要介紹你們認識。」余潔拉著我的手稍微用力了些，好像怕我會逃跑一樣。

「介紹？為什麼要介紹？我不喜歡這個樣子！」我趕緊拒絕，這不是第一次有人希望透過我的朋友認識我，但這種事總讓我十分不自在。

「妳想太多了，只是單純介紹我們的朋友給妳認識，妳不用這麼害怕。」看到我慌張的模樣，殷硯又笑了。

咖啡廳已在眼前，店家外觀看起來是棟不起眼的老屋，雖然門口掛了寫著「COFFE」

的招牌，可是這文青風裝潢一點也不像國中生消費得起的店，他們卻半強拉地要把我帶進去。於是我暗暗決定，若是苗頭不對，就用書包攻擊殷硯，然後腳踢余潔，立刻逃跑！

一推開綠色木門，清亮的風鈴聲響起，輕柔的爵士音樂流瀉而出，伴隨著濃郁的咖啡香——國中生哪懂什麼咖啡啦！

這兩個人是瘋了嗎？把我帶到這種鬼地方。

「高立丞！」余潔朝裡面喊，一個胖胖的男孩從角落的四人座站起身。距離有些遠，我看不太清楚，不過我認得出胖男孩身上的制服。

深綠色褲子、淺綠色上衣，搭配菱格背心，是一所有名的私立貴族學校，每年錄取名門高中「綠茵」的機率高達百分之七十。

他們介紹這個人給我做什麼？

「高立丞，她是樓有葳，殷硯班上的同學。」在我呆愣著的時候，余潔已經牽著我來到桌邊。

我注意到高立丞前方桌上放了杯黑咖啡，看樣子私立學校的課業壓力果然很重，國中生喝什麼黑咖啡啊。

「哇，本來聽你們說我還不太相信，現在一看，真的很像小品……」高立丞毫不客氣地打量我。

「你們很沒禮貌耶。」我忍不住發難，高立丞「噗」的一聲笑出來。

「但小品不是這樣的個性。」

「你們到底在講些什麼？不覺得該跟我解釋清楚嗎？」我雙手叉腰，感覺不受尊重。

「先坐下點餐吧，這裡除了咖啡以外，還有很多好吃的東西。」余潔拉開椅子，示意我入座，殷硯則把菜單交給我。

他揚起笑容，「除了高立丞這個喜歡裝模作樣的傢伙，我們來這不喝咖啡的，只是這裡不會有同校的學生來，比較能談事情。」

十五歲的男孩居然說出「談事情」這個詞，這三個字如果出自其他人嘴裡，只會讓人覺得是來鬧的，然而由殷硯來說卻像是真要討論什麼大事一樣。

我考慮了一會，還是坐了下來，我們幾個人分別點了鬆餅和可樂，而如他們所說，這家咖啡廳的餐點眞是好吃得不得了。

「我們都告訴店長，要是外觀別搞得像咖啡專賣店，而是布置成可愛的風格，來客一定暴增。」余潔邊說邊朝吧檯後的中年大叔眨眼。

身爲店長的大叔留著小鬍子，身材高䠷，頭髮捲捲的，彷彿日本街頭的型男。

「我這邊本來就是咖啡專賣店啊。」店長故作沮喪。

「這家店很不錯吧？」殷硯看著吃得津津有味的我。

「嗯，很好吃，我下次帶熊妍……」

「別！妳那個朋友看起來嘴巴很大，她如果知道了這裡，店裡八成很快就會吵翻天，充滿我們學校的學生。」余潔連忙制止。

「爲什麼要破壞讓這家店客人變多的機會？」店長耳朵挺尖的。

「請把這裡當成我們的祕密基地，我有時會躲到這邊喘口氣。」高立丞邊說邊享用聖代冰淇淋。好吧，讀私立學校的壓力不是我能體會的。

「你們找我來到底要做什麼？」吃飽喝足後，我的情緒也平穩多了。

他們三個對視一眼，似乎在等誰先開口，最後余潔率先發話，「就像我剛才說的，我們三個從國小就認識了，原因很複雜，總之我們以前都是自學。」

「自學？」在我的印象中，自學的孩子通常是由於身體狀況不佳，或是對一般的學校體制適應不良。

「我們各自都有一些問題，所以在中部的某個地方一起自學了好幾年。我們原本總共有五個人，分別是我們三個，還有……」余潔說到這頓了頓，抬頭瞥了下殷硯，而殷硯沒有反應，「總之，那時有個女孩非常突然地和我們斷了聯絡。」

「就是那個叫做小品的嗎？」

「嗯，她臨時搬去臺北，雖然留下了電話，打過去卻是空號。」

「那是因爲她不想再和你們聯絡了吧。」我不假思索地說。

「小品不會這樣！」沒想到殷硯反常地激動大喊，嚇了我一跳。

「冷靜點，殷硯。」高立丞又吃了一口冰淇淋，「樓有葳是吧？妳別介意殷硯的過度反應，我們五個人的感情有多好，妳大概無法想像，小品的消失對我們打擊很大。」

「嗯……我是獨生女，所以不太清楚，就像失去兄弟姊妹那樣嗎？」我想找個貼切的比喻，結果他們三人瞬間停住了動作。

余潔和高立丞看了殷硯一眼，三人的臉色都不太好，接著殷硯垂下目光，那模樣令我想起他轉學來的第一天，身上帶著不屬於國中生的憂鬱氣息。

「怎、怎麼了？」

「對，就跟失去了兄弟姊妹一樣。」殷硯抬頭，凝視著我。不確定是不是我的錯覺，他的睫毛似乎有些溼潤。

「原來小品對你們來說這麼重要……」我低聲說，一邊啜飲可樂，「我和她真的長得那麼像？」

老實說，這件事使我有點沮喪，畢竟我可是夢想成為明星的人，要是有個人跟我長得相像，那我不就失去了自己的獨特性？

「乍看很像，幾乎一模一樣。」余潔把手放在下巴處，開了個玩笑，「還是妳爸或妳媽在外面偷生，只是妳不知道？」

「哈哈哈，有可能喔。」我大笑，這樣的反應讓他們三個跟著笑了。

「不過再更仔細看的話，其實就不像了。」

殷硯的話傳進耳裡，彷彿在我的腦中迴盪，我驀地有些不知所措，轉移了話題，「那你們有沒有試過……打遍全臺北的所有電話？」

「妳瘋了嗎？臺北有多少人口？有多少支電話？」高立丞就算翻白眼也不忘塞食物進嘴巴。

「而且我們不曉得小品到底住在臺北的哪裡，所以更難找。」余潔往椅背一靠。

「整個臺北地區的人口大概有六百萬，扣除商家和共用電話的人，如果抓四百萬這個數字，那我們有四個人，每人每天打十幾通電話，應該可以在畢業前打完吧？」我的話讓他們三個露出詫異的表情，「就算畢業前打不完，升上高中也能繼續打吧？」

「樓有葳，妳眞的是個瘋子耶！」高立丞再次說。

「你們這麼想找到小品，又沒有其他方法，那不就只能這麼做了嗎？雖然很笨，可是如果你們很想達成某個願望，就不應該放棄任何可能才對。」

我這話說得非常認眞，畢竟我自己就正在這麼實踐著。我可不是只有嘴巴上說想當明星，也付出了相當程度的努力。

從小學開始，我就學習芭蕾舞以養成優雅的體態，升上國中後才轉學流行舞蹈，並加入了學校的熱舞社，國二時還拿下北區國中熱舞比賽的冠軍。

同時，我也常關注流行歌曲並積極練唱，錄下自己的歌聲後反覆聆聽，找出缺點改善。順道一提，最後我還是加入了合唱團，我想體驗和其他人一起唱歌是什麼感覺，只是在自主訓練跟合唱團訓練並行的情況下，之前我練到嗓子腫起來，被下令暫時不能唱歌了。

我的課外活動雖多，卻也沒荒廢學業，即使不到全校第一名的程度，也都有班排前五名。女明星最怕被說只是花瓶，尤其若長得漂亮更容易被放大檢視，所以我非常拚命地充實自己，只爲了有天眞的成爲明星後，不讓人有說閒話的機會。

我如此努力地爲未來鋪路，所以也認爲殷硯他們想找到小品的話，怎麼能夠不努力？

「妳真的……很厲害耶。」余潔露出讚歎的神情，「這電話費應該會頗驚人。」

「我大概沒時間打電話，那電話費的部分交給我好了。」高立丞呼出一口氣，從他那材質高級的書包中拿出了名牌錢包，抽出五千塊，「你們出力，我出錢。」

「你一個國中生帶這麼多錢在身上？」我驚呼，隨即想到他念的私立國中也是不輸給綠茵高中的權富二代聚集處。

「一有消息，一定要通知我。」高立丞看了下手錶，「我該去補習了，樓有葳，很高興認識妳，以後再一起出來玩吧。」

「我應該不是小品的替代品吧？」我打趣地說。

「當然不是。」殷硯和余潔異口同聲。

「哈哈哈，我知道，開個玩笑而已。」

等高立丞離開後，我立刻向店長要了黃頁電話簿，我們開始分頭打電話。短短兩個小時，撥出的電話數比預期的多，我們因此大受激勵，有了很快就能找到小品的錯覺。

可惜事與願違，在畢業前，我們甚至連電話簿中一半的電話都沒打完，高立丞還因爲錢花得太凶而被縮減零用錢，失去『金主』的我們自然無法再負擔這筆開銷。

那時我才體悟到，有些目標光靠決心與毅力是無法達成的，當能力不足的時候，再怎麼努力往往也是無濟於事。

但是，我時常會想起在咖啡廳的那些午後，我們四個人翻著如今幾近絕跡的黃頁電話簿，像無頭蒼蠅一樣打遍全臺北的電話，心中帶著天真的希望。

第二章

「所以，妳五歲那年是因爲受電視上的明星影響，而決定了志向呀。」點點驚訝地說，「我五歲時還在看巧虎耶……」

「不瞞您說，我現在也還在看巧虎。」滴滴舉手表示。

「呃，沒人care你。」

「點點，妳太過分了，我是妳的搭檔耶！」滴滴高喊，我被逗得笑了出來。

「那請問，影響妳深遠的女明星究竟是哪位呢？」

點點的提問令我一怔，隨即搖頭，「我不記得了。」

「影響妳這麼深，卻忘了是哪位，這很奇怪吧？」滴滴抓到了矛盾。

「也許只是當下那個畫面跟歌聲，在有葳的心中產生衝擊，留下了印象而已。」點點代替我解釋。

滴滴卻反駁，「正因爲如此，才更會記得吧。」

「好吧，我不會說出她的名字，但你們可以知道是誰。」我在紙上寫下「姬雪」兩字，點點和滴滴恍然大悟，而我比了個噤聲的手勢。

「啊……能理解有葳爲什麼會在五歲時被這位傳奇人物吸引了。」點點點頭如搗蒜，顯然明白了我爲何不願多談。

姬雪已經息影多年，當年她生下私生女一事，在我國小時曾經被爆出來，但很快就被壓下，多半是那位張姓富商動用了關係。

那時我對姬雪被偷拍到的憔悴神情感到震驚又心疼，她一樣是那麼漂亮，可媒體的緊迫盯人實在令人厭惡。

她的遭遇再一次提醒我，人們不會放過妳曾經的錯誤，即便事過境遷，人性都總是幸災樂禍的。

「妳眞正和演藝圈有所接觸，大概是在高二左右對吧？」滴滴將話題帶開，我點點頭。

「在升學壓力正大的時候，妳卻踏進了演藝圈，而且後來還考上公立大學，眞是不簡單呀。」

「最重要的是，大學還順利畢業。」滴滴補充。

「等於青春時期就在為夢想奔馳呢。」點點笑彎了眼睛，「這個問題是觀眾們一直想問的，當然我們也很好奇，妳念高中的時候，有沒有什麼戀愛經驗呢？」

我笑了笑，「沒有。」

「怎麼可能？妳這麼漂亮，男生們怎麼會放過妳？」滴滴驚呼。

「眞的沒有。」我再次肯定地說。

「其實這件事不用問，媒體早就徹底地挖掘過妳的過去了，各家的調查結果都一樣，樓有葳進演藝圈前沒談過戀愛。」

「點點，妳這句話有語病喔，進演藝圈前沒有，意思就是進演藝圈後有嘍？」

無論你是平凡人還是公眾人物，旁人對你最好奇的，永遠都是感情世界。

「這個嘛，我們要循序漸進，晚點再問吧。」點點大笑，「我等不及要聽有葳聊進入演藝圈的契機了。」

我調整了下坐姿，我向來樂於分享我的歷程，不過當然，大家聽到的版本永遠都比眞實還要夢幻。

即使今天的主題是要分享演藝路上的辛酸，我也不會說出眞正的辛酸。

那些路都已經走過了，必須走過了才知道自己走得過去，也必須走過了才能夠釋懷。

所以當提起過去時，我們往往會優雅一笑，說那些辛苦都沒什麼，是人生的必經之路。就算在某些當下，妳是如何的生不如死，隨著時間流逝，一切也終將成爲午夜夢迴之際都不見得會出現的泛黃記憶。

✦

「高立丞，我到現在還是不敢相信你會穿上跟我們一樣的制服。」余潔打量著眼前那名身材雖然瘦了些，但依舊圓乎乎的男孩，他正把襯衫下襬塞進綠色菱格紋長褲的褲頭裡。

「怎麼，不歡迎我嗎？」高立丞擠眉弄眼，「我可是費了很大的力氣才說服我爸媽讓我來河東耶。」

「不是，一般人應該會選綠茵吧？」我忍不住插嘴。

「綠茵會悶死我，我覺得我在那邊會變得營養不良。」高立丞翻了白眼。

「那不正好，省得你現在這樣節食減肥。」殷硯一笑，將我的筆記還給我。

「你抄完了？」

「嗯，妳的筆記很有用。」殷硯拉過一旁的椅子坐下，「可以考慮拿去賣了，熊妍一定會花大錢跟妳買。」

「熊妍能考上河東眞是讓我意外，果然考試是六成憑實力、四成靠運氣。」不知爲何，余潔始終對熊妍充滿了偏見。

「人家未來可是想當律師，考上河東是基本吧。」高立丞說得嘲諷無比。

「她基測考砸之後，就明白自己不是當律師的料了，你們眞的很壞。」我無奈地說。

「好詐喔，你們這些分到同一班的人是在說我的壞話嗎？」說人人到，熊妍一臉哀怨趴在窗戶外，羨慕地瞧著我們四個人。

「妳的班級離得那麼遠，還幾乎每堂下課都跑來，不累喔？」余潔沒好氣地回應。雖然她嘴上不饒人，還是拿了衛生紙給熊妍擦汗。

「吼，如果我不來跟你們聯絡感情，就怕你們忘了我。」熊妍沮喪地望著高立丞，「你知道嗎？你的位置本來應該是我的。」

高立丞左右張望，然後指了自己。「什麼？」

「我的意思是，我和他們幾個念同一所國中，你是高中才加入的，怎麼能比我跟他們要好啊？」

「拜託，我和他們的關係才深好嗎？」高立丞大嘆一口氣，「妳這個外來者才該閃遠一點。」

「講話太不客氣了吧！」熊妍嘟嘴，不過也沒眞的生氣，「我知道你們三個算是青梅竹馬，但有葳和你們又不是，照理說有葳跟我要比較好啊，嗚嗚……結果你們四個卻分到同一班，這是什麼神機率！」

「彼得老師說過這是緣分，對吧？」高立丞想也沒想地回應，還徵求我們三個的同意，見我一臉疑惑，他才趕緊說，「啊，我是問殷硯和余潔。」

「好久沒提到彼得老師了。」余潔的嘴角輕輕勾起溫柔的弧度。

我想，過去那段自學的時光，對他們而言一定是難以抹滅的回憶，至今我都無法觸及，也沒有多問。

只是隨著相處的時間越來越多，有時當他們說起過往時，三個人會笑成一團，接著一同朝我看來，似乎在等待我的反應。

接著他們會錯愕，意識到在他們身邊的是樓有葳，而不是小品。

從錯認到醒悟的瞬間其實非常非常短暫，可能不到一秒，甚至連零點五秒都沒有。

雖然他們說沒有把我當成小品的替代品，然而在潛意識之中，也許依舊將我和她當成同一人。

即使偶爾會覺得不太舒服，我並沒有不高興，因爲下一秒湧上的想法都是——他們還深陷在失去小品的悲傷之中。

同時我也好奇，我都十六歲了，距離和他們相識的十五歲那年已經過了一年，我的外表多少有了變化，難道還跟小品很相像嗎？雖然這也無從驗證。

我相信這世上沒有所謂的巧合，一切皆是必然發生的，所以我還問過爸媽，是不是眞有個我不知道的姊妹存在，結果爸媽爲此笑了好幾天，還發毒誓說他們兩個都沒有流落在外的女兒。

或者，其實是我小時候曾經自學過，但某天不小心撞傷頭或出車禍，導致失去了記憶，從此忘記自己就是小品？畢竟電視劇都是這樣演的。

不過，這個異想天開的猜測再度換來了爸媽的取笑。

於是我得出了結論，我是樓有葳，不是小品，就算我們長得很像，也完全是巧合。

「你們沒聽過一個都市傳說嗎？據說如果見到和自己長得像的人，就會死掉耶。」國三畢業那天，余潔主動跟熊妍說了我像小品這件事，熊妍這個烏鴉嘴立刻胡說八道。

「那照鏡子不就會死掉了？」余潔嗤之以鼻。

回憶到這裡打住，我將注意力轉回當下，熊妍正哀怨地說：「馬上就是兩天一夜的公民訓練了，你們一定是同一組對吧？我班上的人好難相處，我好想轉到你們班……」

「別傻了，快打鐘了，妳趕快走吧。」高立丞擺擺手。

「唉，你們都沒辦法體會我的無奈……」熊妍哭喪著臉離開。

「我們下堂課是體育課，也快點走吧。」

「這堂體育課要上什麼？」高立丞問。

「好像是打躲避球，有點期待。」余潔興奮地說，我卻垮了臉。

「我很不擅長躲避球。」我嘆氣。

「這樣嗎？那放心，我們會幫妳的。」殷硯像個可靠的大哥哥一樣，讓我覺得十分溫暖。

沒想到，我和殷硯被分到了不同隊。

「這下子他不能罩妳了。」高立丞幸災樂禍，順帶一提，他也是敵隊的。

「別擔心，還有我呢。」幸好有余潔站在我這邊。

「果然還是女人之間的友情最可靠了。」我可憐兮兮地說。不是我想裝柔弱，我幾乎什麼運動都擅長，唯獨躲避球眞的不行。

看著不懷好意的球高速朝自己飛來，這怎麼樣都不可能輕鬆以對啊！如果是網球還可以打回去呢……

我把希望全放在余潔身上，她也很有義氣地將飛到我面前的球一一接住，而高立丞這個渾蛋看準了我怕球，不斷地故意攻擊我，我決定等等午餐時間要吃掉他每天都會帶的水果，好好報復一番。

大概是因爲害怕，我特別會躲，再加上余潔捨身救義，於是我成了隊伍中最後的倖存者，敵隊則還有殷硯和高立丞。

「投降吧，樓有葳！」高立丞仰天長笑，簡直和武俠片中的大惡人沒兩樣。

我心想乾脆讓他輕輕打我一下，結束這場折磨，高立丞卻說他要幫我克服對球的恐懼，同隊的同學也不斷在場外齊聲吶喊要我加油，「扳回一城啊！樓有葳！」

說得簡單，我就是很怕球啊！

「覺悟吧！」高立丞接住外場傳來的球，用力朝我丟了過來。

「哇！」我驚喊一聲，趕緊往另一邊閃，球落到了敵隊的外場，他們抓準機會又瞄準我砸來，我差點轉身不及，球再次傳到另一邊的敵隊成員手裡。

這下子，情況變成他們所有人針對我一個，雖然我自認動作敏捷，但對方攻勢太密集，再加上我不敢主動接球，於是我的體力不可避免地逐漸流失。球再度傳到了高立丞手中，他毫不留情地把球丟向我，我用盡力氣往左一閃，就這麼跌倒了。

那些男生根本不懂什麼叫憐香惜玉，外場的人一接到球便朝我猛砸，我根本是連滾帶爬地躲過，球又回到敵隊的內場。正當我感到絕望的時候，球被我們外場的人接到了，他用迅雷不及掩耳的速度打中了高立丞。

我這隊的同學們紛紛歡呼，然而與此同時，殷硯也接到了球。

「殷硯！快丟！」敵方隊員齊聲喊著，真是一群惡魔。

「拜託小力點。」我哀求。

殷硯只是靜靜看著我，然後鬆手讓球滾到了我的腳邊。

「砸我吧，樓有葳。」接著，他說出了令全班同學震驚的話。

「啊？」我也一愣。這是什麼霸氣宣言？

他在白線後方蹲下來，帶著淺笑指指我腳邊的球，「拿起它來砸我吧。」

「殷硯！你瘋了啊！快點打她我們就贏了！」高立丞氣惱地在場外大叫，殷硯像是沒聽到似的。

我有些發顫地撿起腳邊的球，場外的隊友們發出即將獲得勝利的歡呼，「但這是……作弊。」

「作弊是偷偷來，我們光明正大、妳情我願，怎麼會是作弊？」殷硯講起歪理還挺有那麼回事。

於是我輕輕把球往他身上丟，贏得了比賽。

大概是我被高立丞追殺得太慘，對於這樣的結果，除了高立丞很有意見以外，大家都欣然接受，甚至認爲很好玩。

「高立丞只要面對體育類的比賽就會認眞過頭，我等一下幫妳打他。」余潔對我豎起拇指。

「殷硯也太帥了吧！」而這是班上的女生們一致的感想。

「有葳，妳還好嗎？」

「很好呀，怎麼了嗎？」我大口喝著水，和余潔一起朝教室的方向走。

「妳的臉好紅。」

「太熱了，也太緊張了吧。」我笑了下。這麼說來，我的心跳很快，呼吸更是莫名急促，我望著走在前方的殷硯，那喘不過氣的感覺越發明顯了。

「我剛剛都看到嘍！妳被針對得好慘呀。」我們一抵達教室所在的樓層，就看見熊妍又來報到了。

「妳每堂下課都來，還眞閒啊。」余潔不客氣地吐槽。

「哼，我有東西忘記給有葳了啦。」熊妍擺擺手，硬是要把余潔趕進教室。

余潔聳聳肩，進了教室，而我和熊妍站在走廊上，「妳要給我什麼？」

「欸，剛才殷硯也太帥了，那是怎麼回事？偶像劇嗎？」熊妍壓低聲音，還偷覷了眼已經坐在教室裡的殷硯，「不過高立丞就是個渾蛋了。」說著，她朝高立丞的方向翻了個白眼。

「大概是看我被追殺得太慘吧。」我聳肩一笑。

「少來了，妳眞的相信這說法？」熊妍又翻了白眼，「你們是不是有點什麼？」

「什麼什麼？」

「什麼什麼？」她重複我的話。

「妳不要瞎猜！」我推了她一下。

「動手動腳的，肯定有鬼！」熊妍瞇起眼睛，「也是，有葳這麼漂亮，殷硯要是沒喜歡上妳，那就是他瞎了眼。」

「什麼啦，余潔也很漂亮啊！」

「余潔是漂亮啦，但感覺她不是殷硯的菜。」熊妍講得煞有介事，她什麼時候知道殷硯的菜是怎樣的類型了？

「總之，妳不要莫名其妙往那方面想，我們沒有怎樣。」我邊說邊用手搧風，今天的運動量太大了。

「嗯，那我就不去想為什麼以前上體育課都不太流汗的妳，今天會滿臉通紅嘍。」

「那是因為今天運動量大！」我高聲反駁。

「好啦好啦。」熊妍擺明不信，接著從口袋裡拿出一張折起來的紙，紙張有點爛爛的，「這就是我要給妳的東西。」

「這是什麼？」在我接過那張紙的時候，鐘聲響起。

「妳等等看就知道了，還有一段時間可以準備。我先走啦！」熊妍對我眨眼，又小聲說：「要是跟殷硯有什麼進展，記得要告訴我喔。」

「妳很無聊！」我沒好氣地吼，她笑嘻嘻地跑走。

回到座位上並拿出課本後，我才打開了熊妍給的那張像廣告傳單的紙張，上頭的標題寫著「便利商店代言美少女徵選」。

✦

「等等，我從剛剛就一直想問，不過又覺得只是巧合……」點點突然插話，「妳說高二那年會接觸演藝圈，是因為高一時，國中朋友熊妍給了妳一張便利商店徵代言美少女的傳單。」

「是的。」我當然沒把殷硯、余潔、高立丞和小品的事情說出來，只提到我有一群很要好的朋友，直到現在依舊要好。

「熊妍……該不會就是小熊吧？」點點邊說邊指了主控室的玻璃那端，一名女子雙手環胸站在那裡，她的頭髮綁成馬尾，穿著白襯衫和黑長褲。

「沒錯，我的經紀人之一正是我的好朋友。」

熊妍後來沒有成爲律師，大學畢業後，她應徵上了我的經紀公司，從我當時的經紀人的助理開始做起，到現在已經是我的經紀人之一，我們也算是一同成長、並肩作戰。

「居然有這樣的淵源！」滴滴驚呼，而熊妍聳肩一笑，「和好朋友一起工作不會吵架嗎？」

「還好，當感性快要壓過理性的時候，我們就會回歸合約上的白紙黑字了。」說完，我吐吐舌頭，「這樣講會不會太直接？」

「哈哈哈，感情一定得好到某個程度，才有辦法說這樣的話吧。」滴滴理解地一笑，「但難道真的都沒有意見相左而導致爭執的時候？」

「還是有，不過通常我會相信身爲經紀人的她的眼光和想法，不會有太多意見。其實，和好朋友一起工作最麻煩的是……」我瞥了下熊妍，她瞇起眼睛，豎起食指放在嘴巴前，要我別亂講話。

「喔！我注意到經紀人在使眼色了，我幫妳擋住她，快點說吧。」滴滴用力揮著手搞笑。

「因爲是朋友，所以我的一些心眼她都曉得，就沒辦法裝可憐耍賴了。」我說，瞧見熊妍翻了白眼。

✦

在我參加便利商店的代言美少女徵選前，兩天一夜的公民訓練先到來了。比起以玩樂爲主的校外教學，公民訓練更注重紀律，聽說還會有軍人在場。

不過，河東高中雖然傳統，卻並沒有和大多數的學校一樣安排值星官訓練我們，所以嚴格說起來，這場活動是頂著公民訓練名義的校外教學。

原本大家在遊覽車上吵吵鬧鬧的，但一抵達目的地見到身穿迷彩服的軍人們，就全都閉起嘴巴安靜了。

很快，男生們去搭帳篷，女生們則負責洗菜切菜，準備在大太陽底下進行烤肉和野炊。

當余潔第三次切到手時，我要她去幫忙搭帳篷，並接過染了一點血的蘿蔔，才剛洗乾淨，卻突然被另一隻手拿走。

「殷硯，你怎麼來了？」

「余潔帳篷搭得比我好，所以我和她交換。」他俐落地用菜刀替蘿蔔削皮。

「哇，你好厲害！」我不由得驚呼。殷硯將紅白蘿蔔分別切好，隨即和高麗菜一起下鍋拌炒，瞬間香氣四溢，「你怎麼這麼會做菜？」

「我常煮飯給我妹吃。」殷硯回答。

原來他有個妹妹，我居然不曉得。這件事令我十分失落，對於殷硯，我了解的還是太少了。

「你真是個好哥哥。」

他沒有回話，只是伸手跟我要了鹽巴，過了一會換我接手，他則去一旁檢視竹筒飯蒸得怎麼樣了。

最後，我們有了一頓堪稱所有小組中最豐富又好吃的午餐，這大多都得歸功於殷硯。

舉行營火晚會的時候，熊妍偷偷跑來我們班這裡，和我拉著手跳舞，我們笑得開心，她要我別錯過了徵選。

「那種徵選一定都有內定。」我和她一起搖搖晃晃地轉圈，嘴上有點洩氣地說。國中時我也曾參加過某個網路票選活動，原本第一名一直是我，然而在票選結束前的最後三小時，一個男生候選人冒了出來，他在極短的時間內衝高票數，取代我成了第一名。

「難道有內定就不參加？」熊妍歪頭。

「不，我當然要參加。距離報名截止還有一段時間，我得好好準備。」我雙手搭到熊妍的肩膀上，「就拜託妳幫我拍幾張好照片啦。」

「當然沒問題，明天幫妳拍。」

「明天不是要打漆彈？」

「這樣場景才特別啊，漂亮的臉蛋上帶了些噴漆，包準那些評審看了慾火焚身。」

「妳在講什麼啊，最近是不是又看了奇怪的漫畫？」

「這不重要啦，我想問你們到底怎樣了。」熊妍莫名轉移話題，一臉賊兮兮的。

「什麼怎樣？」

「因爲從剛才到現在，殷硯一直都在看妳耶。」熊妍笑著往後指，我順著她指的方向回頭。

殷硯站在場外，他的淨白臉蛋隨著火光閃爍一明一暗，清澈的褐色眼眸盯著我，毫無掩飾，也不躲藏。與我對上眼，他只是勾起嘴角淺淺地一笑。

「殷硯是不是喜歡妳？」熊妍在我耳邊竊笑，輕推了我的背，「快點，去邀請他一起跳舞。」

不要，很奇怪耶。

我內心這麼想著，雙腳卻不知爲何朝殷硯的方向走了過去。面對我的靠近，他並沒有明顯的反應，但在我開口邀請前，他先伸出了手。

在營火邊跳的舞並不是優雅的社交舞，背景音樂也不是浪漫的曲調，我們兩個都略顯尷尬，手腳不協調地搖晃著身子，模樣滑稽得可笑，這個畫面卻成爲我的青春時期中，難以抹滅的光景。

營火晚會結束，大家三三兩兩地返回各自的帳篷，而熊妍也跟著我們走。

「晚上點完名之後，要不要去探險？」

對於熊妍這鬼點子多的傢伙提議夜遊，我一點也不訝異。

「嗯，好啊。」余潔乾脆地同意，讓我十分驚奇。

「難得妳會贊成熊妍耶。」高立丞也有同樣的想法，「不過殷硯應該不會答應吧。」

所有人看向殷硯，只見他似乎若有所思，望了一下天空後才說：「今晚星星挺多的，我們去吧。」

「星星挺多？你是會講這種浪漫臺詞的人嗎？」我有些不可思議。

「快點，有葳，一起去吧？」熊妍興奮地看著我。

「可是我們的帳篷還有兩個別組的女生，我們偷跑出來，要是她們去告狀怎麼辦？」我未來可是要當藝人的，如果有天成名了，過去所做的一切或許都會被放大檢視，不能出差錯。

「喔，她們兩個不會去告狀的，別擔心。」余潔自信地表示。

高立丞了然於胸地接口：「因爲她們喜歡殷硯是嗎？」

什麼？她們喜歡殷硯？

我看向殷硯，他沒說什麼，我又轉向余潔，「這樣我們和殷硯一起溜出去的話，她們不是更會去告狀？」

「不會啦，到時候我會告訴她們，要是她們告狀，我們就說殷硯才是主謀，讓殷硯變成罪魁禍首。」余潔露出甜美的笑容。

「嘖嘖，看來越美的女人心眼越壞。」高立丞打了個冷顫。

「但樓有葳心地很善良，我上次看見她在路上救了一隻小狗，還帶到動物醫院去。」殷硯語出驚人，我嚇了一跳。

「你看到了？」

「對，我原本想去幫妳的忙，但是那天我家有事，我沒辦法耽擱。」殷硯簡短地說。

「只有我聽出不對勁嗎？其實殷硯的意思是，有葳也很美對吧？」熊妍又八卦了，只有這種時候她才特別敏銳。

「妳很無聊……」我沒好氣地想叫她閉嘴。

「嗯。」沒想到，殷硯不假思索地同意了。

這瞬間我心臟一緊，外加倒抽一口氣。殷硯這傢伙在做什麼啦！

熊妍小聲歡呼，還用手肘頂了我一下，可是余潔和高立丞卻互看一眼，露出尷尬的表情。

忽然，我意會過來，殷硯心裡想的是小品吧。

殷硯和小品之間究竟發生過什麼事，我從沒問過，也認爲不需要問，除了以我的身分沒什麼資格問以外，也是因爲我覺得一旦我問了，就會成爲那個比較在乎的人。

就好像我喜歡殷硯，所以才會在乎一樣。

我再次抬眼注視殷硯的側臉，他總是神情淡薄，明明是會笑會說話的活生生人類，卻顯得如此透明，彷彿不抓緊他，下一秒他就會被風吹散。

喉間宛如有什麼東西梗在那裡，我心中一陣酸楚，接著趕緊大口喝了水，沖散這種感受。

我們各自回到帳篷後，余潔原本打算先裝睡，等點名完畢再和同帳篷的女同學交涉，結果值星官點完名沒多久，那兩個女生就睡著了，於是我和余潔多躺了十五分鐘，便躡手躡腳地跑出了帳篷。

我們約定在廁所後方會合，以防被發現的話，還可以假裝是來上廁所。

我和余潔抵達時，殷硯和高立丞已經到了，只差熊妍。又等了五分鐘，我們才見到她急急忙忙跑來。

「抱歉抱歉，我們那區的值星官一直走來走去，根本沒機會——」她邊跑邊說，聲音之大，在這寂靜的空曠地帶分外明顯。

高立丞做出噤聲的手勢要她小聲點，接著余潔倒抽一口氣，指著熊妍後方，急促地說：「熊妍後面是不是有人跟著？」

「說這什麼嚇人的……」高立丞搓著手臂，隨即瞪大眼睛，「靠！快跑！值星官跟在她後面啦！」

「你們在做什麼！」值星官吹了兩下哨子並大喊，熊妍嚇了一跳，這才發現自己被跟著。

多虧高立丞的驚慌失措，讓值星官連帶注意到我們四個人站在這邊，明明只要安安靜靜地走進廁所裝沒事就好，然而因爲心虛，我們四個迅速鳥獸散跑開了。

「哇！對不起！」熊妍一個慌張跌倒，乾脆抱頭蹲在地上求饒。

「妳，給我回自己的帳篷，我會去跟你們老師報告！」值星官凶狠得堪比流氓，很快轉而朝我們奔來。

高立丞和國中時期相比已經瘦了很多，雖然還是有點噸位，在這種情況下倒是溜得挺快。而余潔原本拉著我往另一條小路跑，但高立丞逃跑時不小心撞到我們，導致我腳步不穩摔倒。

余潔急著要回來扶我，可是這樣我們都會被抓住，於是我高喊：「妳快跑！」她一愣，此時有人把我扶了起來，「快走！」殷硯拉著我，眼看值星官就要追上，余潔連忙逃走，殷硯則拉著我鑽進旁邊的樹叢。

一進入樹叢，殷硯壓低身子，另一手放到了我的頭上輕輕往下按。我們的距離好近，我彷彿聽到心臟劇烈跳動的聲音，卻分不清是他的或是我的。

月光從樹葉間隙灑落在殷硯的臉龐上，他的側臉滴下汗水，呼吸急促，雙眼緊盯前方。

「別怕，這裡燈光微弱，值星官看不見我們的。」他的嗓音低沉而篤定，我也往外頭看去，只見值星官東張西望後，朝另一條路奔去。

直到值星官的腳步聲遠離，我和殷硯才從樹叢鑽出來。我大口喘氣，好似剛才忘記了呼吸一樣，鬆懈下來後整個身體失去力氣，差點就要跌倒，殷硯趕緊扶住我。

「妳沒事吧？」

「我再也、不會聽熊妍的話出來夜遊了！」我簡直去了半條命。

「哈哈。」他爽朗地笑了兩聲，我看向他，發現他指著天空，「可是妳瞧瞧。」

我抬頭，夜空中盈滿星光，像是雪白的噴漆灑落在深藍畫布上，閃耀的星星忽明忽滅，我努力地想看清楚，卻無法完全捕捉那些美麗的光芒。

「樓有葳，值星官應該暫時不會再過來，妳要就這樣回帳篷去，還是一起走走？」

「咦？」面對殷硯突如其來的邀約，我有些不知所措，這才意識到我們交握的手沒放開，「要、要去哪裡走？」

「不會太遠，剛才躲在樹叢裡的時候，我發現後面好像有片芒草原。」

「芒草原？」

「嗯。」殷硯說完，試探地往後走。我沒有拒絕，也沒有抽回手，於是他微笑，拉著我的手再次踏入樹叢。

「小心腳步。」他說，而我竟不知道該如何回答。

怎麼辦，我的手心在冒汗，他會不會覺得很噁心？我的呼吸聲會不會太大？還有，剛才一路奔跑，我身上有沒有汗味？

爲什麼我忽然在意起這些？

看著殷硯的背影，我忍不住心想，他在想什麼？他爲什麼要牽著我的手？因爲値星官在追我們？因爲四周很黑？還是沒有任何理由？

我就這樣任憑他拉著我來到了那片芒草原，微風吹動芒草發出沙沙聲，要是白天在這拍照一定很漂亮。

「妳看，在這邊星星看起來更多了。」他要我抬頭，但我哪還看得見什麼星星？我的眼中只有殷硯的身影。

即便光線不足，殷硯仍宛如閃閃發亮著，和他國三時轉學來的那天一樣，如此吸引我的目光。

「殷硯，之前體育課打躲避球，你爲什麼要那樣做呢？」我問。

我以爲他會說是因爲高立丞太過分了，可是殷硯輕捏我的手，反過來問我：「爲什麼呢？」

「你這樣牽著我，又是爲什麼？」不知哪來的勇氣，我又問。

他低頭，注視著我們交握的手，「是啊，爲什麼呢？」

他這次不是反問我，而是像在問自己，我咬唇，「我……不是誰的替代品吧？」

「當然不是。」他的每一個字都說得非常緩慢。

天色昏暗，所以我可以假裝看不見他眼中的不確定。

國三那年在咖啡廳的午後，當他們三人說我並不是小品的替代品時，我覺得就算是也沒關係；偶爾，當他們不小心把我和小品搞混時，我也覺得不要緊，可以體諒。

然而如果此刻，殷硯牽著我的手不是因爲我是樓有葳，而是因爲另一個人……那我會感到很痛苦。

我的心好酸，唯獨面對殷硯時我才產生了這種心情，於是我明白了，我眞的喜歡殷硯。

我們的緣分是從我與小品的相像開始，但我想讓他對小品的情感完全轉移到我身上，眞正變成我的。

「殷硯，我的手很貴唷，你再不放手的話，就不能放手了。」我低下頭，告訴自己，若是殷硯不放手，那我就會很努力地，讓樓有葳這個人占滿他的目光。

殷硯在猶豫，他的手似乎稍稍鬆開，令我的心情降至冰點，可是很快他便與我十指緊扣。我抬起頭看他，方才的不確定已經消失在他的眼底，夜空中的星星彷彿更加燦亮了。

他的笑臉無比清晰，握緊我的手，「不放手，會怎麼樣？」

「那就只能一直牽著啦。」我笑了起來，鼻腔有些酸楚。

我原本沒打算隱瞞和殷硯正式交往這件事，可是當我仔細瀏覽熊妍給我的徵選報名表時，發現其中一項報名限制居然是單身。

「哪有這種規定，這眞的是正式的徵選活動嗎？」余潔覺得不可思議，還上網查了資料並去電詢問，得到的回覆是，以前原本沒有此項規定，但某次有個參賽的女生在比賽期間與男友感情生變，導致選拔現場發生鬧場事件，於是主辦單位爲了一勞永逸，才決定增加此一規則。

「那妳只能隱瞞了，不過樓有葳，原來妳說想當明星是眞的喔？」高立丞一直以爲我是痴人說夢。

「我是認眞的。」我堅定地說。

「有葳很適合啊。」殷硯出聲支持，「這也沒什麼，反正交往的事只有我們幾個知情，保密就好。」

我咬了咬下唇，「殷硯，我眞的踏入演藝圈的話，恐怕會有很長一段時間，我對外都必須宣稱單身。」

所有人聞言都挑起眉，我深吸一口氣，「這是必然的，所以一定會委屈你好一陣子，這樣可……」

「傻瓜。」殷硯一笑，揉了揉我的頭頂，「這又沒什麼。」

「唉唷，噁心。」高立丞打了個冷顫。

「狗嘴裡吐不出象牙。」余潔翻了白眼，順帶打了高立丞一下。

「謝謝你，殷硯。」我感動萬分，差點忍不住在咖啡廳裡抱緊他。

「要是以後妳成了明星，記得要幫我宣傳這裡的咖啡很好喝。」店長端了巧克力鬆餅和鹹派過來，即使這陣子菜單上的甜品項目變多了，他依然堅持這裡是咖啡專賣店。

「可是大叔，除了裝模作樣的高立丞，我們根本沒喝過你的咖啡。」說著，我吃了口鹹派，還是一樣超級好吃，「不過我一定會幫忙宣傳這邊的點心和蛋糕的！」

「請稱呼我店長，叫大叔把我都叫老了。」他義正詞嚴，「唉，我只是想賣個咖啡，有這麼難嗎？」語畢，他垂頭喪氣地離開了。

「妳傷到店長的心了。」殷硯打趣地說，叉了一小塊巧克力鬆餅遞到我的嘴前。

原來他是會做出餵食這種舉動的男生嗎？我不禁小鹿亂撞，尤其高立丞和余潔也在，我怎麼好意思？

掙扎了一會，不太喜歡甜食的我還是張開嘴巴吃掉了鬆餅，殷硯頓時瞪大眼睛，余潔也一愣。

咦，怎麼了？

「噗！哈哈哈！殷硯應該是要妳接過叉子吧？」高立丞大笑，「沒想到樓有葳妳是談戀愛時會做出這種事的女生呀！」

我會錯意了？好丟臉！

我瞬間紅了臉，想找個地方躲，就連余潔也在偷笑，可是殷硯又叉了一塊鬆餅，並將叉子交到我的手中，「啊——」

「咦？」

「啊，餵我呀。」他說得理所當然。

「殷硯，你也會這麼噁心喔？」高立丞不敢相信。

我明白殷硯這麼做的目的，他只是要給我一個臺階下，這就是他溫柔的地方。

「嘿嘿。」我笑了兩聲，餵他吃下鬆餅。如果甜食都是這種滋味，那我想我會更喜歡甜食的。

之後，我報名了便利商店的代言美少女徵選，經過第一輪的內部篩選後，我順利成爲二十位入圍者中的一位，而第二輪是網路人氣投票。

有了名次可能內定的心理準備，我告訴自己得失心別太重，按部就班地每天投自己一票，而殷硯他們也每天都幫我拉票，最終我拿到了前三高的票數，進入決選。票數前三名的參賽者必須出席便利商店舉辦的活動，簡單來說就是得表演才藝，當天將現場進行評比，並公布最終名次。

說實在的，我並不擔心自己的表現，因爲我早就做好了萬全準備，以免機會來臨時無法把握。

可惜活動那天是平日，殷硯他們沒能來替我加油，我在媽媽的陪同下來到會場。我永遠記得當時我發抖到連話都講不好，即便做足了準備，當眞正站在大家面前時，還是會感到緊張。

好在音樂一下，我的身體便自然而然放鬆，周遭的一切彷彿變得黯淡，我只聽得見自己的心跳，以及音響流瀉出的旋律。感受著舞臺的燈光聚焦在我身上，這一刻，世界猶如因我而生。

我開口唱歌，並配合歌曲舞動肢體，眼前有許多人，但我看不清楚他們的表情，當下我只專注於自己的表演。演出結束後，我帶著笑容，向他們鞠躬致謝。

「我記得徵選的結果，有葳是第一名對吧？」點點彈指。

「妳幹麼爆雷啦！」滴滴指責。

「這怎麼會是爆雷？有葳出道的契機就是便利商店美少女，之後還拍了一系列的便利商店廣告，紅遍大街小巷耶。」

「是沒錯，當年大家都在問那個清新的女高中生是誰，引起廣泛的討論呢。」滴滴也回憶起當時的盛況。

「對，其實我相當受寵若驚，我的確很努力，但我沒想到眞的能獲得殊榮。」那是好久以前的事了，如今卻仍歷歷在目。

「我記得那系列廣告是以青春物語爲主題，還有另一位藝人和妳搭檔對吧？」我聽得出點點正在鋪梗，畢竟隨著回顧的時間軸繼續推進，總會提到他。

雖然實力和運氣同樣重要，我還是爲自己剛接觸演藝圈就能和他合作這一點，感到萬分慶幸，並且感謝上蒼。

要不是有他，也許不會有這麼多人關注那支廣告；要不是有他，我說不定也沒機會接下便利商店的系列廣告。

第三章

因爲在徵選中得到第一名，我簽下了人生第一份合約，並且在那天就拿到了廣告腳本。

廣告長度不到一分鐘，劇情是我所飾演的女孩穿著學生制服，在便利商店挑選著架上的眾多商品，接著鏡頭會拉往商品架的另一邊，讓觀眾看到有個身穿同校制服的男孩正在偷看我，最後一幕是女孩抬頭的時候，男孩趕緊低下頭盯著手中的商品。

這支廣告的目的，就是在男女主角之間的青澀氛圍中，帶出便利商店的存在已經深入人們的生活。

拍攝的時間安排在三天後，基本上他們敢起用素人當女主角，自然對我的演技不會有太多期待，目的多半只是爲了捧紅和我搭檔的男藝人，對方是備受期待的新人，所以鏡頭在他身上的時間比較多。

令廠商和我們都料想不到的是，這支短短的廣告的確捧紅了那位男藝人，但同時我的名字也一度高踞網路熱搜排行榜，於是開始有經紀公司主動找上我。

對我來說，這當然是絕佳的機會，我一直都想往演藝圈這條路走，也付出了相當程度的努力，所以當機會來臨，我爸媽並沒有反對，比較讓我們頭痛的是如何選擇經紀公司。畢竟我們沒有相關經驗，也不清楚那些公司的風評，爲此著實苦惱了許久。

不過講到這裡，我必須先說說便利商店系列廣告的拍攝，這是我人生的轉捩點之一。

在拍攝當中，我所穿的制服並不是廠商自行搭配的，而是屬於眞實存在於臺北的「夢幻高中」。

那所高中與綠茵、河東並列爲臺北最有名的三所高中，河東歷史悠久、書香氣息濃厚；綠茵權貴雲集、富麗堂皇；而所謂的夢幻高中則是學生多、社團多、帥哥美女多，再加上每年一次盛大的畢業煙火，大家才幫它取了個夢幻高中的別稱，甚至如今都用這個名稱來稱呼這所高中了。

而近來，夢幻高中多了一個傳奇，便是我眼前這個男孩。

「妳好，今天請多多指教了，我叫池呈安。」

高䠷帥氣、眼神清澈、黑髮飄逸，池呈安站在那裡就是一幅好看的畫，還沒經過化妝師的巧手妝點就光彩奪目。

「你好，我是樓有葳。」我向他行禮。

「我有看到妳在決賽的表現，妳超強的，好可怕，眞的沒受過正規訓練嗎？」池呈安的話不像客套，他的雙眼發亮，大力稱讚我。

他出道的契機是在夢幻高中的成果展被經紀公司相中，就這樣進入了演藝圈。

「我常常自主練習，也有參加學校的相關社團，另外還有去學舞蹈。」我猶豫了一下，心想是否不該在關公面前耍大刀，但我認爲當機會來臨就該把握，於是便說，「我從小就想進入演藝圈，所以始終很努力充實自己。」

池呈安聞言，露出了讚許的微笑，「那這一次是個很好的機會，雖然我的鏡頭多，不過最後妳有個特寫鏡頭，得好好把握那瞬間。」

池呈安的回應讓我覺得他十分大方不藏私，對他的好感度瞬間提升不少。當時的我還不知道，他會是我在演藝圈中的第一個貴人。

如果說，這世上真有所謂的天職，那麼池呈安就是天生能靠這行吃飯的人。他稱讚我沒受過正規訓練就能表演得那麼好，可是根據我所查到的資料，池呈安壓根沒想過要進演藝圈，僅僅是因爲被發掘了，覺得有趣才加入，然而他無論是唱歌、跳舞、演戲都能迅速掌握訣竅，這跟從小就立志成爲藝人而拚命精進的我完全不同。

那次拍攝結束後，池呈安留下一句「希望之後能在演藝圈見到妳」，便和他的經紀人離開了。

之後廣告爆紅，廠商決定將這段青澀的戀愛故事發展成系列廣告，一共六集，而也是在此時，我收到許多經紀公司的邀約。

當我還在苦惱該如何選擇時，第二次拍攝的日子到來了，那也是我與池呈安第二次見面。

他一見到我就露出笑容，「樓有葳，好久不見。」

「你好，好久不見了。」我禮貌地與他打招呼，剛做好造型的我們坐在椅子上，等待拍攝現場準備好。

「我在河東念書的朋友說，妳現在在學校不得安寧了。」池呈安將手上原本正在讀的

腳本放到一旁。

「你知道我念河東？」

「網路上到處都是妳的訊息，個人資訊簡直攤在陽光下了呀。但既然妳說過自己從小就想當明星，這點也在妳的預料之中吧？」他歪頭。

「對，說實話，我挺享受這樣的感覺。」我老實承認，畢竟有話題才有關注度，只是苦了殷硯。我們在學校維持著看似好朋友的關係，余潔和高立丞、熊妍也都很夠義氣地幫忙保密。

我們交往和我參加徵選的時間太接近，因此我和殷硯幾乎沒有單獨約會過，只有偶爾一起去咖啡廳或圖書館，但如今學校裡每一個人都會盯著我瞧，爲了避嫌，最後我們連單獨去任何地方都避免了。

「樓有葳，第一次見面的時候，因爲不確定妳的決心，所以我並沒有說。」池呈安雙腿交疊，手肘撐在膝蓋上，偏頭看我，「從第一支廣告來看，妳天生就是吃這行飯的人。」

我驚訝地瞪大眼睛，「我也這麼想過！」

他挑眉，露出了意味深長的微笑，我連忙接著說：「我是說你，不是說我自己。上次和你一起拍攝過後，我也覺得你天生就是做這行的人。」

「看來我們很有默契呢，妳目前是高二對吧？我差不多也是高二時出道，現在高三，所以我們其實算是同期。」他朝我伸出手，「我們一起加油，未來誰比較紅，誰就拉對方一把好嗎？」

我回握住他的手，能和池呈安這樣的人立下如此意義深遠的約定，對我來說何其榮幸。但我隨即垂下頭，「可是我現在連經紀公司都沒有。」

「妳應該會收到很多邀約才對，沒有喜歡的嗎？」池呈安有點訝異。

「我不知道該怎麼選擇。」我照實說。

我並不天眞，我明白不該還未眞正入行就與其他藝人討論這種事，演藝圈相當複雜，面對任何人都必須安個心眼。

然而很多時候，我依舊相信自己的直覺以及第一印象。第一次見面時，池呈安並沒有將我當成「敵人」，還要我把握唯一的特寫鏡頭，再加上或許是年紀相仿，我對他有種莫名的親切感，所以才決定與他分享這個煩惱。

「很簡單呀，從那間公司的藝人表現、風評以及公司規模，還有他們開的合約條件去比較。」他理所當然地說。

「我比較過了，各有優劣，而且我也都挺喜歡的，所以才苦惱。」我稍微瞄了下周圍，確定池呈安的經紀人不在附近，才接著說下去，「能不能請問，你當初是怎麼選擇經紀公司的呢？」

「我呀？哈哈哈，哪家第一個來找我，我就選哪家啦。」池呈安大笑，「我對妳講得頭頭是道，但事實上我當初完全沒做功課，林姊一來和我接洽，我連合約都沒看仔細就簽了。」

「眞是讓我傻眼，好在我們是正派公司，這小子運氣很好。」池呈安的經紀人忽然出現在我們身後，讓我們兩個都嚇了一大跳。

「林姊，妳怎麼神出鬼沒的？」池呈安裝可愛地燦笑，大約三十歲出頭的林姊卻瞇起眼睛。

「我可不吃你這騙倒一堆人的笑容，我隨時都會盯著你有沒有亂來。」林姊的話令池呈安僵住了表情，忍不住抱怨自己失去了自由。

隨後，林姊拿出名片遞給我，並露出專業的笑容，「我以爲妳早就選定了經紀公司，如果還在猶豫的話，不妨考慮我們公司吧，呈安和妳年紀差不多，對於如何經營未成年藝人，我們很有經驗。」

接著，林姊舉出幾個與他們簽約的藝人，大部分目前都發展得不錯，且在林姊說明的過程中，我感受到了務實的態度，她不會像其他經紀公司那樣拚命告訴我以後將變得多紅，只想給我畫大餅。

例如方才她用了「經營」這個詞，我很清楚，藝人是商品、是品牌，所以林姊如此不拐彎抹角，使我頓時有了好感。

不過一旁的池呈安見我默不作聲，似乎以爲我被林姊嚇到了，趕緊開口：「林姊呀，有葳才剛接觸演藝圈，妳一下就跟她講得這麼明白，讓她害怕了怎麼辦？應該先說一些夢幻的部分呀。」

林姊挑起一邊眉毛，「怎麼，你當初聽了這些話也沒退縮啊？你甚至還覺得很有趣呢。」

「因爲我本來沒打算把藝人當成工作，只是來玩玩……殊不知簽下了賣身契。」池呈安瞬間哭喪著臉，我不禁小聲驚呼。這麼迅速的變臉技能，眞的好厲害。

「講得好像被騙了一樣。」林姊翻了個白眼，而池呈安聳肩一笑。從他們的互動來看，我明白這只是鬥嘴罷了。

我再看了一次林姊的名片，指尖撫過「凡人娛樂經紀公司」這幾個紅色字體，然後在連合約都沒看過的情況下，和池呈安一樣憑著直覺，抬眼對林姊說：「我想加入你們的經紀公司。」

✦

「哇！沒想到妳會加入凡人是出於直覺。」點點顯得訝異，「我還以爲是經過多方比較才決定的呢。」

「但當我們做選擇時，有時候確實是靠著難以解釋的直覺。當初我們兩個第一次見面就認爲可以一起做節目，不也是因爲莫名的直覺嗎？」滴滴順便爆料了他們兩人的過往。

「咦？你們默契這麼好，我還以爲是從以前就認識呢。」

「點點滴滴」這個節目在我國中時就開播了，如今已經持續播出了十多年。

「對呀！當時我們還很年輕，才……」

「別提年紀！」點點制止滴滴說下去，「我們的確是偶然見了面，聊天聊得投機，又因爲共同朋友的一句玩笑話『你們乾脆去說相聲』，就開啟了一起做節目的契機。」

「所以很多時候，直覺的確很重要。」我點點頭。

「該說凡人是慧眼識英雄，還是挖到寶了呢？如今時下最紅的池呈安、樓有葳還有周起言，都是凡人出身的。」點點細數。

「前陣子妳和周起言合作了一部網路微電影，上線不到兩個禮拜就突破兩百萬的點閱率，實在非常驚人。」滴滴翻了下資料，流露出驚歎的神情。

「多虧周起言在海內外都有大批粉絲，我完全是沾他的光，謝謝各位周太太。」

「有葳眞會說話。」點點瞇眼，我明白她接下來要問些什麼了，「那麼妳也是周太太的一員嗎？」

主控室的熊妍立刻舉起手比了個叉，要點點不能過問感情，但「點點滴滴」之所以擁有眾多收聽者，除了主持風格有趣，就是因爲他們總能問出聽眾想了解的事。

我們來之前，就曉得點點和滴滴肯定會帶到戀愛的話題，畢竟這是聽眾最好奇的部分，熊妍此刻的動作只是身爲經紀人該有的反應。

「周太太只會有一個呀。」我四兩撥千斤地回答，「況且我現在正在說池呈安，話題忽然跳到周起言身上，池呈安的出場機會沒了，池太太們會生氣喔。」

「哎呀，不敢不敢，池太太們請原諒點點不懂事。」點點求饒，我們都笑了起來。

✦

加入凡人娛樂經紀公司後，也代表我正式進入了演藝圈，每個禮拜六日與其中幾個平日夜晚，都有經紀公司所安排的訓練課程。

專業訓練和我之前半吊子的自我訓練完全不同，累人的程度根本無法比擬，即便如此，白天上課我仍努力撐著不打瞌睡，因爲我必須證明自己能兼顧學業與事業，且未來媒體有可能會採訪我的高中生活，我必須做好準備。

好在有殷硯和余潔他們，有時我因爲昏昏欲睡而記不清楚老師所教授的內容，他們總是會幫我複習。

然而無奈的是，凡人的經紀約明文規定旗下藝人不得談戀愛，我和殷硯之間的關係依舊只能是祕密。這一點我們兩個早有預料，所以殷硯只是微笑著對我說「加油」。

「林姊，這個規定很沒人性呀，我們也是普通人，怎麼不讓我們談戀愛？這是啥古板的規矩？」池呈安很有意見，「快點，有葳，妳也和我一起抗議！」池呈安拉著我因剛練完舞而汗溼的手臂。

「你們才剛起步，又年輕，禁不起任何緋聞纏身。等你們年紀和經驗都成長到足以識人好壞，公司自然就不會禁止你們戀愛了。」林姊說得認眞。

「如果我們沒談過戀愛的話，要怎麼累積經驗？」池呈安不領情。

「誰說一定要談戀愛才能累積識人的經驗？你在演藝圈闖蕩會遇到很多毀三觀的人事物，這些都是累積經驗的機會。」林姊理直氣壯，來回掃視我們兩人，「你們的戀愛對象將左右粉絲對你們的評價，這是非常有殺傷力的事，好的對象替你加分，不好的對象將連帶影響到你自身。但當然，若危機處理得好，也可能反過來幫自己加分。」

「瞧，林姊總是理性分析一切，好像我們沒有感情似的。」池呈安把手放在後腦杓，他身穿夢幻高中的制服，是白襯衫搭配卡其色長褲。

林姊說的話不無道理，不過我也認爲即便自己尚未看過太多人，可是我不會看錯殷硯，他是如此通情達理又溫柔。

「對了，你們成績都還可以吧？」林姊話鋒一轉。

「我的成績林姊不是知道嗎？」池呈安聳聳肩，看向我，「有葳是河東的，程度也不錯，一樣不需要擔心吧。」

「你們成績不能太差，否則未成年出道這件事會引發負面輿論。」林姊說起以前有位藝人因爲出道後成績下滑太多，導致對方家長提出抗議，弄得很難處理。

「你今年要考大學了吧？工作量越來越重，你沒問題嗎？」我問池呈安，他就快要考學測了。

「不是我自誇，我基礎打得好，臨時惡補一下就追得上進度，沒問題的。」池呈安皺了下眉頭，「只是林姊呀，我希望上大學後工作別太多，我還是想享受學生生活，不希望休學專心在演藝活動。」

「可以。」林姊乾脆答應了，「那妳呢？有歲，若有一天必須二選一，妳會想以學業爲重，還是演藝工作爲主？這樣我在工作上比較好替妳安排。」

我幾乎沒有猶豫，「工作。」

「好，我明白了。」林姊收起桌面上的東西，「課程都結束了，你們收拾一下，我等等送你們回家。」

我關掉練習室的燈，喝了幾口水後，拿過書包披上外套，直接穿著練習服離開公司。

林姊去地下室開車了，我和池呈安在一樓大廳等待，他饒富興味地打量我，讓我怪不自在的。池呈安五官分明，擁有任誰見過都絕不會忘記的完美容貌，我幾乎能肯定，在不遠的將來，他在螢光幕上只需要輕輕一笑，便能勾走千萬少女的魂魄。

所以被他這樣瞧著，我還是會感到有點……害羞。

「怎麼了？」

「我只是沒想到妳會這麼肯定地回答林姊以工作爲主。」

「我不是裝乖，只是這一直以來是……」

「我知道，是妳的夢想，對吧。」

原來池呈安還記得我當初說的話。

「對。」我不好意思地笑了。

「可是，現實生活中都沒有什麼會讓妳猶豫的事嗎？」

「猶豫？」我不懂他的意思。

「例如學校的各種活動、和好朋友的聚會、自己的休閒時光等等，當妳全心投入演藝事業後，那些日常都再也回不去了，妳捨得嗎？」

「當然，我從小就想來到這個世界，現在踏進來了，我當然要把握。」我堅定地說。

「那我眞的很佩服妳呢。」池呈安這話並不是諷刺，「這表示在妳的現實生活中，沒有値得現在的妳停下腳步的人事物。」

這句話令我愣住了，殷硯的臉頓時浮現在腦海。

「怎麼了嗎？」池呈安注意到我的遲疑。

「沒什麼。」我搖搖頭。也許下一次的休假，我應該找大家出去玩。

林姊的車從地下室開上來，停在大門口，我和池呈安一起走出大廳。上了車，見林姊正在講電話，我們兩個識相地安靜，聽起來對方似乎是廠商，我看了下手機，已經八點多了，看來這個行業眞的得二十四小時待命。

此時，我的手機傳來震動。

「練習順利嗎？」

是殷硯。

我偷偷瞄了眼池呈安，他也正在看手機。

大概是心虛吧，我挪動了身體，把手機稍稍抬高，回覆殷硯「剛結束，現在林姊要送我回家」。

「辛苦妳了，我等等會經過妳家附近，要不要見個面？」

我又瞥了一眼林姊和池呈安。我家會比池呈安的家先到，而林姊總是會看著我進家門後才離開，殷硯要在哪等我才不會被發現呢？

想了想，我原本想告訴殷硯算了，太危險。

可是不知怎麼的，池呈安稍早那句話迴盪在我的耳邊，他覺得對我來說，現實中沒有值得我停下腳步的人事物。

不，雖然我不會因爲殷硯而停下腳步，但這並不代表我不喜歡他，而是我分得清楚優先順序，這是成熟的表現。

不過我還是回覆殷硯「你可以在我家一樓大門裡面等我嗎？如果鐵門沒開，當我們的車靠近時，你就假裝是要回家的住户」。

「只要別讓經紀人發現我們的關係就可以了對吧？」

「沒錯，謝謝你！」我迅速回了這句話，等殷硯回覆「ＯＫ」後，才放下心來。

「對了，你們兩個在學校應該沒有男女朋友吧？」林姊的詢問讓我心下一驚。

「我沒有啦，林姊妳問過兩百萬次了。」池呈安翻白眼，嘟囔著林姊不信任他。

「你最危險，像你這種條件的男生，一定會有很多女生主動示好，別太得意甚至來者不拒，否則到時鬧出難聽的緋聞，對你這樣未成年的藝人很傷。」林姊語氣嚴肅，池呈安只是聳聳肩。

「我知道啦，沒那麼笨。雖然只是因爲好玩而進入這個圈子，該注意的我還是會注意。」池呈安慵懶地說。

「那就好。」林姊透過後照鏡看了我一眼，「那有葳，我應該不需要擔心妳吧？」

「不用。」我毫不猶豫，嗓音也沒有流露心虛。

或許是一直以來，我都有談戀愛勢必得隱瞞的心理準備，所以當眞的被詢問時，也能馬上說出違心之言。

「那就好，你們年紀雖輕，但一定要懂得分輕重。」林姊諄諄教誨，說我們比同年齡的人擁有的更多，所以也必須放棄同年齡的人所能享受的東西。

我都明白的，因爲姬雪，我早就明白藝人有多容易被放大檢視，也明白無論如何努力闖出一片天，依舊禁不起犯一絲錯誤。

當你爬得越高，就有越多人等著你隕落。

我握緊了手，忽然有點後悔答應讓殷硯來找我。

當林姊的車停在我家樓下時，戴著帽子的殷硯連忙轉身假裝在開鐵門，我心頭一凜，背起書包就要下車。

林姊銳利的雙眼瞧見開門開了老半天的殷硯，立刻說：「呈安，你陪有葳下去。」

「咦？不用啦，我自己下車就好。」

「有個男的在那，爲了妳的安全，必須注意。以後當妳知名度越來越高，更需要小心。」林姊不忘機會教育，池呈安也挪動了身子要陪我下車。

「眞的沒關係，我自己下去就行了。」我不禁慌了，無論再怎麼做好心理準備，我還是無法完美地應付突發狀況，畢竟當時的我僅僅十七歲。

我趕緊要開車門，林姊卻鎖上車門，從後照鏡望著殷硯，「等一下，他門開得太久了。」

「怪怪的，該不會妳現在就有瘋狂粉絲了吧？」池呈安跟著嚴肅起來，「學校裡的同學也要注意，他們最容易查到妳的個人資料，我就遇過。不過我是男生，比較好處理，妳眞的要小心。」

「這……」

我不能說殷硯確實是我同學，這麼晚了，男同學還來找我太不合常理。怎麼辦？我該怎麼辦？

就在這時，一樓的鐵門開了，殷硯看起來也鬆了一口氣。他進到鐵門裡，並順便將門關上。

「我不太放心，呈安，你還是送她上去吧。」林姊的謹慎是對的，雖然眞的太過多餘，我急得不得了。

我知道要是堅持拒絕，恐怕會顯得很可疑，所以只好同意。

池呈安跟著我下了車，我拿出鑰匙，默默祈禱殷硯不要在一樓等，好在打開鐵門後沒看見他。

「我們這樣一同進出，要是被狗仔拍到的話，就會傳出緋聞了。」池呈安跟在我身後，他的聲音迴盪在樓梯間，接著是關上鐵門的聲音。

「我們還沒紅到狗仔會來跟拍。」電梯停在一樓，所以我偷偷往樓梯間望，果然瞧見了殷硯的鞋子，他機警地縮了回去。

接著，手機震動了下。

「我是不是該先躲起來？」

我正要回覆，池呈安卻按下了雷梯，我又將手機放回口袋。

「的確現在還不會有人跟拍，不過這是遲早的事。我是在提醒我的同門師妹，以後要避免這種情況，就算是男藝人說要送妳回家，都得有第三者在場，明白嗎？」

和剛才在車上敷衍林姊的態度不同，池呈安此刻格外認真。

「我明白，謝謝你的提醒。」我頓了頓，「那個，我自己上去就好了，你可以回車上了。」

池呈安搖搖頭，「既然林姊要我送妳上去，我就一定得這麼做，否則林姊可是會用加倍訓練來懲罰我。」

「那就……」我又瞄了眼樓梯，「好吧，謝謝你。」

我們兩個進了電梯，我暗暗希望殷硯別先回去。

「剛才那個男生，妳有見過嗎？」在電梯門關起前，池呈安問。

「哪、哪個男生？」

「就是在大門前鬼鬼祟祟的那個，戴帽子的。」池呈安說，「是你們這棟大樓的住戶嗎？」

「應該吧，我沒看清楚。」我打哈哈。

「樓有葳，妳已經是藝人了，隨時都要保持警覺心。」池呈安聳肩，忽然盯著我，「對了，妳眞的沒有男朋友？」

「沒有。」我又一次說謊，「怎麼了？」

「嗯，最好是眞的沒有。」池呈安似乎意有所指，而電梯門重新開啟，「走吧。」

「我家是右邊這間，謝謝你送我回來。」這層樓只有兩戶，我對他一笑。

「快回去休息吧，晚安。」池呈安微笑，電梯門關上。

我鬆了口氣，連忙拿出手機傳訊息給殷硯。

「我在我家門口了，你在哪裡？」

「在這。」殷硯的聲音從樓梯間傳來，我轉過頭，瞧見他氣喘吁吁的模樣。

這瞬間，我覺得有點對不起他，於是撲到了他的懷中，緊緊擁抱他。

「對不起。」

「道歉做什麼。」殷硯笑了笑，也抱緊我，「妳是不是瘦了？」

「有特地調整體態。」在我回答時，口袋裡再次震動了下。

「剛才那個男生……是池呈安對吧？就是和妳一起拍廣告的。」

「對，因為年紀接近，我們很多活動都安排在一起。」我照實說。在昏暗的樓梯間，殷硯的眼眸依舊清澈。

「這樣呀……」

難道他在吃醋？

「妳要多注意身體，該吃飯時還是要吃飯。」他輕柔地說，沒有半點不悅。

即便我再怎麼缺乏戀愛經驗，也明白殷硯不是在吃醋。

忽然，我有點想讓他吃醋。

「池呈安很厲害喔，跳舞、唱歌、演戲樣樣行，根本是天生的藝人，不是科班出身卻很優秀。」我在殷硯的懷中，讚美著其他男人。

可是殷硯仍然溫柔地笑著，對我說「妳也很厲害」、「妳也很努力」。

頓時，我覺得自己這麼做好蠢。

「好了，妳快點回家休息吧，我們明天學校見。」他捏了捏我的臉頰。短短不到十分鐘的會面，讓我感覺遠遠不夠。

「殷硯。」我拉了他的衣角，他疑惑地看著我，而我輕嘸起唇。

他一笑，靠向了我的臉，但他的手機冷不防響起，我們兩個都嚇了一跳，又相視而笑。

「我家人打來的。」他給我瞧了手機螢幕，「妳快點回家吧。」

「好吧。」我癟嘴，他接起電話。

「媽，我現在要回去了，不用擔心……」

我拉住他的手，飛快地在他的臉頰輕啄一下，殷硯瞪大眼睛。

「嘿嘿。」我賊笑兩聲，用氣音向他道晚安。

他也笑了，等我進了家門，他繼續講電話，「不要緊張，我不會不見……我知道，我會買妹妹愛吃的東西回去。」

目送他踏進電梯後，我才關上鐵門。

「回來了？今天練習得怎麼樣？」媽媽正巧洗完澡從房裡出來。

「好累，我要去洗澡睡覺了。」我拿出手機，剛才的震動是林姊傳來訊息。

「便利商店的廣告要拍第二部，剛才已經敲定了，第二部的造型需要妳剪成短髮，可以嗎？」

我想了想，並沒有什麼不行，換個造型也好。

「可以唷！今天謝謝林姊送我回家，辛苦妳了。晚安。」

回完這段話，我切換到池昱安的對話視窗，問他之前在電梯裡說的那句話是不是沒說完，還是有其他意思。

「哪句？」

他多半在裝傻，我立刻告訴他，我是指男朋友那句。

池昱安傳了張竊笑的貼圖，而我回傳了疑惑的貼圖。

「如果妳沒有男朋友最好，這樣才不會被影響到。」

我回了句「怎麼說」。

「普通人和藝人談戀愛不會長久的。」

怎麼會？互相體諒就好啦，就像我和殷硯一樣。我這麼告訴他，而他並不同意。

「站的位置不一樣，無法互相體諒的。」

我正要再反駁，但池呈安很快又傳來訊息。

「妳又不需要擔心這種事，反正妳沒有男朋友，不是嗎？」

於是我只能刪掉原本正在輸入的文字，改成「我只是好奇」。

「好奇心殺死一隻貓。快點休息吧，我也到家準備要睡了。」

我回以晚安的貼圖，池呈安也回覆一張貼圖。

沒辦法把話問清楚，使我心裡有些不暢快，但繼續糾纏不太禮貌，所以我只得去洗澡，洗完後收到了殷硯也回到家的訊息。

我們通了一會電話，我告訴他今天發生的事，然後再度向他道歉。

「沒事的，能見妳一面，我很高興。」殷硯的話語如此溫柔，令我的內心泛起了漣漪。

「對了，林姊說之後要幫我換個髮型，我好期待短髮的模樣。」

「……妳要把頭髮剪短？」

「因爲便利商店系列廣告要拍第二部了，剛才林姊傳了腳本過來，跟第一部設定的時間差了五年，主角們都出社會了，所以需要改變髮型……」

「妳要剪短嗎？」殷硯的語氣變得有點奇怪。

「怎麼了？你不想要我剪短頭髮？」

「對，不要剪短。」殷硯的態度是前所未有的強硬，「現在這樣就很好了。」

可以體諒我只能和他見面十分鐘的殷硯，對於頭髮長度這件事卻異常堅持，爲此我不禁開心起來。看來殷硯是個長髮控？這樣的小小控制慾，使我有被重視的感覺。

所以，我在電話這頭笑了起來，「好，我不剪，我會跟林姊說我不要換髮型。」

「眞的嗎？」殷硯好像稍稍鬆了一口氣，「不會剪短了？」

「不會，會保持你喜歡的樣子。」我輕笑，殷硯也笑了。

十七歲，在愛情與事業都看似順利的情況下，未來對我而言是一片光明。

我沒深思過殷硯那番話背後的意思，畢竟在一起的這段日子裡，他既體貼又溫柔。

我也沒想到，池呈安的話雖殘酷，卻無比眞實，我以爲那不會發生。

關於普通人和藝人談戀愛不會長久這點，也許並不是沒有例外，然而很多時候，我們都不會是那個例外。

第四章

「歡迎回到點點滴滴，我是點點。」

「我是滴滴。剛才趁著廣告，我們確認了一下收聽狀況，眞是空前絕後，有葳的魅力不可擋啊！」

「謝謝大家願意聽我訴說過往，應該很無聊吧？」

「怎麼會？觀眾們可愛得不得了呢，畢竟妳很少接受採訪，也鮮少提自己過去的事，大家都說妳是最神祕的新生代藝人。」

「咦？凡人旗下的藝人應該都很神祕吧。」我打趣地說，外頭的熊妍瞇眼豎起食指，要我別多講。

「確實，凡人的教育訓練十分嚴格，這在業界很有名。但是說到神祕感，誰比得過妳呢？」點點說。

「就連同公司的池呈安、周起言，偶爾也會說說自己的事，我記得是在池呈安大四左右吧，他上某個節目時，脫口說希望學校的教官能年輕一點，當下我就覺得他果然還是學生，這才是學生藝人該有的樣子呀。」

我不禁笑了起來，沒錯，那時池呈安還被林姊唸了幾句。

「說到池呈安，當年妳跟他的便利商店系列廣告第二部紅透半邊天，有一陣子媒體稱呼你們都是用裡頭主角的名字。」

「對，我也記得，池呈安倒還好，但粉絲們幾乎像是忘了有葳叫什麼名字，只管喊妳女主角的名字。」滴滴打開手邊的活頁本，裡頭居然有我和池呈安當時的定裝照。

「你們從哪找來的啊！」我懷念不已。

「那是有葳唯一的短髮時期呢。」滴滴說，我莞爾一笑，思緒也回到了當年。

✦

殷硯要我別為了拍廣告剪短頭髮，原本為此高興的我，後來卻意外從高立丞嘴裡得知小品的模樣。

「你再說一次？」我停下繪製海報的動作，以為自己聽錯了。

「我說，要是現在小品也在，妳們看起來大概會像雙胞胎吧。」高立丞沒發覺不對，逕自拿著鐵鎚敲打木板上的釘子，做好了海報的支架。

「不是，你剛才說小品的頭髮怎樣？」

「喔，她跟妳一樣是長髮呀，所以如果妳們兩個都在，一定要一個長髮、一個短髮才行，不然會被搞錯。」他說完還大笑，余潔卻過來打了他的手臂。

「你話少說一些。」

「我又沒講錯……好啦，我閉嘴。」接收到余潔凌厲的眼神，高立丞自討沒趣地繼續敲釘子。

「別理他，有葳，妳跟小品不像的。」余潔柔聲安慰，聽在我耳中卻格外刺耳。

「余潔，我的下一部廣告拍攝，廠商希望我能以短髮的造型出現。」我將畫筆放到一邊。

「這樣很好……」

「可是殷硯要求我不要剪短。」我的話令原本鬆口氣的余潔再次僵住，我扯扯嘴角，「跟小品有關係嗎？」

「有葳，我……」余潔有些不知所措，我拉住她的手腕，認眞地注視她。

「余潔，我和小品還是很像嗎？」

「這……我們都沒見過十七歲的小品，所以……」余潔眼神游移。

「但只要我維持現在這個模樣，就彷彿和你們記憶中的小品一樣，對吧？」喉間似乎有什麼東西梗著，我呼吸困難，「所以殷硯才不要我剪短，是嗎？」

「我不知道，有葳，妳應該去問殷硯。」余潔露出爲難的神情。

是呀，我怎麼會忘了。

國三那年在咖啡廳時，他們就說過我和小品長得很像，此後也時常不小心把我當作小品。

我和殷硯決定交往時，他雖然說過我不是替身，然而我心裡是清楚的，不是嗎？

「沒事。」我勉強勾起嘴角，鬆開了余潔的手。

「有葳……」

「我眞的沒事，小品對你們來說很特別，不過我是樓有葳，我是獨一無二的。」我看著余潔，「我是妳的朋友，不是小品，是樓有葳。」

「那當然，即便妳們的外型確實……相像，可誰知道十七歲的小品長什麼樣子呢？妳是樓有葳，是我的朋友，是殷硯的女朋友，妳是妳，不是小品。」余潔急迫地說，想使我安心。

而我確實因此稍稍感到窩心，我相信隨著時間流逝，殷硯也會明白這點——在他身邊的，是存在於現實的樓有葳，而非只存在於回憶中的小品。

爲了讓殷硯確切意識到這一點，我剪短了頭髮。

長度至肩上的髮型，令池星安豎起大拇指不斷說我是仙女下凡，這讚美雖然誇張，最終我也從不自在到欣然接受了。

我穿上不符年紀的正式套裝，並讓化妝師在臉上落下成熟的妝容，乍看還眞的像極了剛出社會的青澀女性。

這次男女主角因爲上班時間不同，雖然一樣每天都會去便利商店報到，卻從來沒有相遇，直到某天女主角遲到、男主角早到，兩人還拿起同一項商品，才再次有了交集。

「卡！畫面很好，辛苦了！」

現場響起掌聲，我們幾乎是一次ＯＫ。

「謝謝導演，謝謝大家。」我和池星安有禮地向所有工作人員致意，並在林姊的帶領下返回休息室。

門一關，池呈安立刻卸下微笑，整個人攤在沙發上，「好累啊——」

「你表現得很好。」對於池呈安對外乖乖維持了形象，林姊很是滿意。

「我眞的要死了，幸好已經考完試。林姊，我大學想好好享受生活，工作方面等我畢業再全心投入行嗎……」他的聲音含糊，像是快睡著了。

「成績不是這兩天公布嗎？你考得如何？」

「我考上了想去的大學……可是林姊給我接了部偶像劇……」池呈安說完就睡著了。

「難爲他了。」林姊嘆氣，拿起旁邊的外套蓋在池呈安身上，「有葳，目前妳在課程中的訓練成果都不錯，我們打算讓妳發行一張單曲試試水溫。」

我瞪大眼睛，沒想到突然來了個好消息。

「好的，沒問題！」我握拳，一點退縮也沒有。

「嗯，我最喜歡妳的一點，就是妳隨時都做好準備。不過妳明年就要考大學了，之前我雖然問過妳，現在還是必須再問一次，我當然會盡量讓妳能兼顧學業，但如果遇到必須放棄學業的情況，到時候妳願意嗎？」

「我想我做得到兩者兼顧，可是當必須做出選擇時，我會選擇事業。」

林姊的表情稱不上喜悅還是遺憾，她拍了拍我的肩膀，「要是所有藝人都有像妳一樣的野心就好了。」

「呈安雖然嘴上喜歡抱怨，依舊把每份工作都做得很好，我覺得他其實也很重視這一切的。」我看著在沙發上酣睡的池呈安，他都累成這樣了，仍是相當盡責地配合完成廣告拍攝，還火力全開一次ＯＫ。

眞是個可怕的人呀。

林姊點點頭，「他想專心念大學，我也同意，只希望他在念書的這四年裡，至少能有兩個代表作，否則很容易就會被眾人遺忘。」

林姊的話點出了殘酷的現實，當你的表現不上不下時，只要消失一段時間，大家多半就會忘記你。

不過，當你爬到某個位置後，即使消失仍會成爲傳奇。

姬雪就是一個傳奇。

我嚥了嚥口水，告訴自己，必須成爲不會被遺忘的傳奇。

「有葳，你們是同門，所以要多多互相幫忙，爲彼此拉抬聲勢。未來一定會有媒體把你們兩個湊對，要記得，你們不能眞的談戀愛，但也不能否定緋聞，必須抓住話題性，懂嗎？」

林姊的話對當時的我衝擊不小，原來很多時候，身爲藝人是沒有選擇的。

直到有天成爲某種程度上不可取代的存在，我們才會開始有選擇權——應該說，到了那時候，才會有人在乎你的選擇。

「好啦，我送你們回家。」林姊用力推了一下池呈安，「起來了，回去睡吧。」

他打了個哈欠，從沙發上起身，並瞧了眼手錶，現在不過下午五點，「今天這麼早就收工了？」

「你們今天就好好休息吧，況且你明天不是要參加畢業典禮？」

「我還以爲沒辦法參加了。」池呈安拿起一旁的制服，盯著許久，「沒想到穿了三年，不知不覺就要說再見了。」

「你多演幾部角色是高中生的戲，就能一直穿制服了。」我調侃他，池呈安聳肩笑了。

當林姊的車子開到我家樓下時，由於天色還算亮，林姊讓我自己下車，接著車子便駛離。我轉過身，意外看見殷硯正目瞪口呆地站在一樓的鐵門前。

「殷硯？你怎麼來了？」我小跑步來到他面前，而他驚訝地打量我的頭髮。

「妳剪短了？」

我摸了一下自己的髮尾，「對，好看嗎？」

「我不是說不要剪短嗎？」殷硯似乎不太高興，但語氣中更多是措手不及般的慌張，他顯然沒料到我會剪短頭髮。

「你是覺得我這樣不好看，還是覺得這樣就沒那麼像了？」這個當下，我是生氣的，所以才故意這麼說。

「妳在說什麼？」殷硯嘴上說著，卻別開了目光，完全是心虛的表現，「我沒說不好看，我也沒資格管妳的頭髮。」

「那你這是……」我話說到一半，注意到殷硯盯著我的身後，他臉上流露出驚慌，我立刻回頭。

池呈安的背後襯著西斜的金陽，像極了偶像劇中的男主角，整個人都被光芒給包圍。

「池呈安！」我驚呼，下意識跳離了殷硯身邊。他什麼時候在那裡的？他有看到我和殷硯說話嗎？如果我現在假裝不認識殷硯、假裝殷硯只是路人，這樣來得及嗎？

池呈安瞇眼一笑，將手上的白色手機交給我，「妳掉在車上了。」

「啊……謝謝。」我趕緊接過，卻不知道該怎麼辦。

「男朋友？」池呈安看向後方的殷硯。

「不是！」我反射性否認，隨即愣住。我沒有勇氣回頭確認殷硯的表情，我的反應太糟了，可是我不能承認……殷硯會體諒我的，會吧？

「我是樓有葳的同班同學，來拿點東西。」殷硯走到我身旁，我渾身僵硬，只敢看著池呈安。

「辛苦你們了。」池呈安微笑，帶著親切的距離。

「那樓有葳，我先回去了，我的女朋友還在前面等我。」殷硯的話中宛如帶刺，我不曉得他是故意的，還是爲了我著想，直到他離開，我都不敢看他一眼。

自我嫌惡的情緒無法散去，我好糟糕，好過分，等等我該如何跟殷硯解釋？

我在意他想念小品，然而當面對自己的夢想時，我是否也把殷硯的感受拋在腦後？

眼淚幾乎要潰堤，罪惡感湧上心頭，但是我又覺得自己不必道歉，因爲我已經事先告訴過殷硯，我不能公開和他之間的關係，殷硯也接受了。

那反過來說，我是否也不該爲了小品的事而感到被背叛？早在一開始，我就知道殷硯忘不了她。

所以我咬著下唇，鼓起勇氣抬頭，捕捉到了殷硯消失在轉角的背影。下一秒，池呈安的模樣映入我的眼簾，他歪著頭，臉上略帶笑意，「有葳啊，妳不需要對我說謊的。」

我一時沒反應過來他的意思，只見他聳聳肩，接著說：「上次在妳家樓下的男生也是他對吧？我看得出來，他是妳男友沒錯吧？」

池呈安都如此篤定了，我再否認也沒有意義，「你不會……告訴林姊吧？」

「當然不會。」池呈安一手插進口袋，「因爲就如我之前所說，藝人們的戀情往往不能長久，更別說是和圈外人在一起了。」

「你爲什麼這麼肯定？」

池呈安挑眉，「難道妳想說，也許妳是那個例外？」

「我沒那麼自視甚高，只是你說得太過武斷，好像我的戀情是場笑話一樣。」

「不是笑話，但的確很難有好結局。」一陣風吹來，凌亂了池呈安的髮，他目光悠遠，隨後轉而定定凝視著我，「藝人們的戀情總是見光死，妳只能談幾場地下戀情，等待某天出現一個奇蹟，讓妳的戀情在公開後依舊能延續下去。」

他伸手，捻起被風吹落在我頭頂的落葉，「樓有葳，有一天妳勢必得在事業和感情之間做出選擇。」

「我、也許我可以……」不如回應林姊時那般堅定，這一次，我幾乎說不出話來。

「我不會告訴林姊，我們是同期，必須互相幫助。」池星安微笑，「我要回林姊車上了，下次再見。」

「謝謝你。」我趕緊說。

「謝什麼？謝我幫妳隱瞞，還是告訴妳現實？」他有些壞心地反問，揮著手離開。

我拿著手機，還沒想到要傳些什麼給殷硯，便先收到他的訊息。

「沒關係。」

就這三個字，殷硯沒有生氣，我也沒有覺得對不起他，一種難以言喻的情緒卻壓在我的胸口。

除了師生之間、手足之間、出軌等違背道德的戀情，身爲藝人也同樣無法談場能在陽光下牽手的戀愛。

後來，池星安大一那年所拍攝的偶像劇，成了臺灣當年最受歡迎的戲劇之一。

池星安這個名字因此變得家喻戶曉，雖然他在劇中戲份不多，仍成功地打開了知名度。

與此同時，我也撐過了大學學測，考上國立大學，這件事在新聞媒體只占了一個小小的版面，還是林姊特地買下的廣告。

畢業典禮那天，我和朋友們聚在一起拍了合照，殷硯考上了與我不同的學校，不過也是名列前茅的國立大學，南大。

而高立丞早已安排好高中畢業後便要去國外念書，由於他提早出發，所以並沒有參加畢業典禮，只能透過視訊祝福我們。

熊妍沒考上法律系，於是選擇了傳播相關科系，但總歸我們幾個都不必再應付七月的指考了。

大家在校園裡進行最後的合影，忽然，校門口傳來一陣騷動。我們都看過去，只見池呈安抱著一大束花，在林姊的陪同下朝我而來。

我驚訝地張大嘴巴，「這是怎麼回事？」

「同門師妹今天畢業，當然要來祝賀一下嘍。」池呈安像個王子般翩然走到我面前，將花束交給我，「我正好在附近拍戲，有個空檔。恭喜妳畢業了！」

我環顧周遭激動的女同學們，池呈安如今已經算是小有名氣，他的出現讓大家興奮不已，我注意到池呈安對我偷偷眨眼，而林姊站在後頭微笑。

霎時我明白了，這就是林姊所說的，互相拉抬。

「謝謝你，我好高興。」於是我拿著池呈安送的花束，對他露出一個大大的笑容。

「我幫你們合照一張。」林姊拿出手機，飛快地替我們拍了幾張照片。

「呀！我可以跟你拍照嗎？」

「我也要！我很喜歡你演的戲！」

周遭的女同學們蜂擁而上，池呈安揚起一貫的親切微笑，有求必應，現場瞬間排起小小的人龍。

「哇，這就是明星的魅力嗎？真想不到有葳妳平常都和這樣的人在一起，光芒亮到我都張不開眼睛了。」熊妍誇張地說。

「他爲什麼會特地過來？」余潔一臉好奇。

「池呈安和樓有葳之間有什麼嗎？」一句耳語從圍繞著池呈安的女孩們那邊傳來，我瞥了眼殷硯。

「沒有吧，只是同門師妹，照顧一下罷了。」女同學發現我們在看，尷尬地一笑。

「呃……」這下子，換熊妍的表情變得微妙了。

「有葳，我先走了，下次工作時再見。」池呈安離開前，刻意大聲地對我喊，所有人頓時將目光投向我。

「好，下次見，謝謝你今天過來！」我抬頭挺胸回應。

林姊露出讚賞的笑容，與池呈安朝停放在外頭的黑色車子而去。

「謝謝各位的支持，等妳們上傳照片喔。」池呈安上車前不忘拋給大家飛吻。

之後，幾個女同學跑來跟我合照，順便問了池呈安和我的關係，我只是笑笑地回答：「他人很好，在附近拍戲還抽空過來祝福我，是個很照顧後輩的前輩。」

不否認，也不承認，因爲必須互相拉抬彼此的知名度。

目前池呈安比我有名氣，所以他得帶著我往上，可是不能做得太過，否則會引來粉絲們的反感。

和同學們合照完畢後，我才終於有時間和殷硯他們說話，他們一直都在旁邊看著。我們來到校舍後方比較無人的小空地，他們三人略顯無奈，我不禁有些內疚。

「各位，不好意思。」

「哇，有個明星朋友這一點，直到現在我還是不敢相信！」熊妍豎起大拇指，「雖然以後我們念不同學校，更難見面了。」

「以後最常能看見有葳的地方，大概會是電視上了。」余潔說完，瞧了瞧殷硯，又瞧了瞧我，然後拉起熊妍的手，「好了，我們給他們一點時間吧。」

「啊，不用啦。」我連忙說。爲了避嫌，我和殷硯盡量別獨處比較好。畢竟要是單獨在一起，我不能保證自己不會表現出「女朋友」的模樣。

「都最後一次了，以後就再也無法穿高中制服嘍。」余潔提醒。

「對呀，我們幫你們把風，抱一下也好。」熊妍跟著說，我跟殷硯都笑了。談個戀愛也得小心翼翼，還需要朋友們幫忙把風，我以爲殷硯可能會有點不開心，他卻只是溫柔地笑著，一如既往。

「有葳，妳放心追求妳的夢想吧，我會永遠支持妳。」殷硯大方地張開雙臂，但我看著他的懷抱，有點猶豫。

「以後這樣的情況會更多，我不能承認你的存在，甚至更多時候我或許會和其他人傳緋聞，又或者因爲工作而有親密互動等等，我們可能會常常無法聯絡，就算能講上話，也講不了什麼，到時候你……會不會後悔？」

殷硯張開的手臂並沒有收回，而余潔壓著熊妍的頭朝前方走去，給了我們兩個空間。

「後悔跟妳交往嗎？」殷硯朝我走近一步，擁我入懷，「不會後悔。」

「你永遠不會後悔？對我的感情也永遠不會改變？即便我們聚少離多也沒關係？我的第一選擇永遠不會是你，而是工作，你不會不滿、不會寂寞？大多數時候可能都是你得配合我，我沒辦法配合你，這樣也可以嗎？」

「嗯，我可以。」他的話迴盪在我耳邊。

我的心中湧起不安。他回答得太快，快到像是沒有思考過，快到像是不在乎，快到像是……沒有感情。

「如果說，我希望你發誓呢？」

「發誓？」

「發誓你永遠不會改變，發誓你永遠喜歡我，我們永遠會跟現在一樣。」

他笑了下，似乎覺得我這樣的要求很可愛，「我發誓……」

「不，不是這種。」我咬著下唇，光是發誓兩個字不足以消弭我的忐忑，「用你最在乎的人的名字向我發誓。殷硯，你最在乎誰？」

他擁著我的手僵住，呼吸彷彿停滯。我抬頭注視他，「殷硯，你最在乎的人是誰？」

我以爲他會說小品，但他說出了另一個人。

「我妹妹。」

「那用你妹妹的名字向我發誓，你永遠不會改變，永遠會和我在一起，永遠都會像現在一樣。」

他猶豫了，他的眼神流露出了不確定，我忍不住用力搖晃他一下。

「我用殷心的名字發誓，我永遠會陪在妳身邊。」他低下頭，眼眸裡映著我的臉龐，卻不像在看著我。

沒關係，這樣就夠了。

我帶著笑容抱緊他，假裝沒注意到他眼底的悲淒，認為有這番誓言便已足夠。

我並不是天真到以為殷硯忘不了小品這個事實，可以因為誓言而改變，只是覺得殷硯願意發誓的心意足以彌補一切。

只是，我們卻忘記確認彼此的情感根基是否真正牢固。

✦

我與池呈安在畢業典禮上的合照，大概在網路上引發了三天的討論，接著大家又回味起便利商店的系列廣告。

我在大學就讀的科系是表演藝術，考試方面還算過得去；而池呈安則盡情地享受著大學生活，維持每隔一段時間才會接一次工作的頻率。

但或許是他已經打開了知名度，再加上長相越發帥氣，演技也精湛，林姊又很懂得挑選工作，所以他的人氣依舊蒸蒸日上。

與此同時，我也開始錄製個人的首張單曲，當這項工作終於快進行到尾聲，我才發現自己半年沒和殷硯見過面了。

我們之間的訊息往來大幅減少，於是我抓緊去洗手間的機會，打了電話給他。

「有葳？」殷硯很快接了起來，語氣聽起來十分驚訝，「妳現在有空？」

「我今天下午五點就會結束工作了，要不要見面呢？」我悄聲問。許久沒聽見他的嗓音，我頓時微微泛淚。

「今天……今天不行。」

對於殷硯的回絕，我是驚訝的。

「爲什麼？我難得有空耶！」我不自覺提高了音量，外頭隨後傳來林姊的聲音。

「有葳，好了嗎？要錄最後一段了。」

「好，我馬上出去。」我回應林姊，聽到她的腳步聲離去，我連忙接著對殷硯說，「不能推掉嗎？今天不行的話，我接下來可能又有一段時間沒空了。」

「今天眞的沒辦法。」殷硯不願退讓。

「爲什麼！什麼事情比跟我見面還重要？」我低聲飛快地問，「不是說好了要配合我嗎？」

「我很樂意配合妳，可是我今天眞的不行。」殷硯聽起來欲言又止。

「到底是什麼事？還是你交了新的女朋友？」我不知道爲何那個當下我會說出這種

話。

話一出口我就後悔了，殷硯似乎也被我唐突的質問傷害到，重重地吐了一口氣，「今天，是我妹妹重要的日子，所以我們要去陪她。」

妹妹是殷硯最重要、最在乎的人。

因爲要隱瞞自己與殷硯交往的事，我從來沒見過他的家人，也沒去過他們家。

基於我們還是學生，我原本也沒想過要見他的家人，只是在這個瞬間，我忽然覺得自己離殷硯好遙遠。

「這樣啊……」我簡直像個無理取鬧的女人，「殷硯，對不起，我不是故意的，我只是很急……」

「有葳，妳不舒服嗎？快一點，製作人在等。」林姊又過來了，我嚇得趕緊起身。

「我要出去了！」我按下沖水鈕掩飾，急急說了句，「對不起，殷硯，我要去忙。」

「嗯，我也很抱歉，我們下次再見。」

掛斷電話，我很快整理好情緒。不能讓私事影響到公事，這是我一直以來奉行的原則。

「不好意思，久等了。」一出洗手間，我先向工作人員們道歉，接著進到錄音室裡，深吸一口氣調節呼吸，看著前方的樂譜輕輕開口。

是何緣故　成爲我故事的故人
何故　腳印化爲淡灰
於心底永不消退
何故　將你放於我心
於深處的墓誌銘

單曲取名爲〈何故〉，歌詞是吳雨錚老師所創作，他是圈內無人不知的名編劇，近年來由他撰寫劇本的戲劇皆引起大眾的強烈共鳴，池呈安前陣子接拍的偶像劇也是吳雨錚負責編劇。

然而很少人曉得，吳雨錚其實是以歌詞創作入行，只是後來他寫的劇大紅，所以編劇成了本業，偶爾才接點寫詞的工作。

話雖這麼說，吳雨錚所寫的歌詞也總是被廣爲討論，傳唱度極高，林姊曾說吳雨錚因爲工作繁忙，不隨便接寫詞的工作，所以得知他答應幫我這個新人寫詞時，我感到無比光榮，彷彿被肯定了一般。

唱完〈何故〉，我帶著笑容往主控室望去，卻瞧見製作人和林姊正交頭接耳，心中頓時有些緊張。難道我剛才的表現有哪裡不好嗎？

林姊連說了幾次「好」並點頭，隨即招手要我過去，我將耳機掛在前方的架子上，戰戰戰兢兢地走出錄音室。

製作人雙手環胸，一臉嚴肅。慘了，我真的唱得很糟？

「很好，非常好。」沒想到，下一秒製作人豎起拇指，「第一張單曲，不到完美無瑕，但十分純粹。」

「謝、謝謝……」獲得意想不到的讚美，我一時反應不過來，好在還記得道謝。

「你們這首歌有打算拍MV嗎？」接下來，製作人的問題令我大吃一驚。

「是有這個打算，不過會先上傳歌詞版到網路上再看看……」忽然，林姊頓了頓，「不，我們確定拍MV了，只是目前還沒擬好腳本。」

「這首歌的歌詞是雨錚老師寫的，不如問問他是否也願意撰寫MV腳本？」製作人提議。

林姊似乎沒想過可以這麼做，她把手放在下巴，仔細思考著。

幾天後，她告訴我吳雨錚答應寫MV腳本了。

我時常會想，實力和運氣哪個重要？

其實一樣重要，否則當機會來臨時，你若沒有實力，它又怎麼會為你佇足？

能和吳雨錚合作，我相信絕不是因爲好運，而是因爲我這個人有什麼特質被他看見了，他才會願意幫我寫詞和腳本。

唯有如此相信，我才能更加努力。

而和我猜想的一樣，林姊找了池呈安擔任我的MV主角。能夠再度合作，我們兩個都相當樂意，可是看過腳本後我卻愣住了。

「喔？男孩抓著女孩的手，在她成爲虛幻的影像前，吻了她的唇，下一刻她便消失了。」池呈安讀著腳本，露出別有深意的笑容。「林姊呀，妳不是說我們不能談戀愛？這下子劇情還要親耶。」

「工作上沒有關係，我相信你們分得清楚。」林姊老神在在，「況且我說過，你們適時傳一點緋聞，能抬升彼此的身價。」

池呈安瞄了我一眼，歪頭笑了笑，「妳覺得呢？樓有葳？」

「只要是工作，什麼都行。」我答得篤定。

「樓有葳，妳什麼時候生日？」池呈安笑意更深了。

「怎麼了？」

「我只是在想，妳這麼理性又工作狂，應該是土象星座吧。」

我並未否認，池呈安點點頭，「我也是呀。」

「好了，呈安，我如你所願讓你專心享受大學生活，或許你會覺得工作量還是太多，但我已經推掉了更多，你要趁這段時期好好想想，如果眞的喜歡演藝圈，畢業後請全力衝刺，到時我可是會要你把這段日子的損失一口氣補回來。」

「聽到了沒，林姊說是損失耶，看來我們眞的只是商品。」池呈安故意大大嘆氣，一副委屈至極的樣子，林姊只是翻了個白眼說她要去開會，並在離開會議室前，吩咐助理等等送我們回家。

了。

「你們要走的時候跟我說，我先去忙一下。」助理說完，拿著一堆文件急匆匆地跑掉

我翻著腳本，爲自己即將拍攝第一張單曲的ＭＶ感到興奮無比，而池呈安在一旁發出奇怪的聲音。我抬頭看他，他起身走向會議室門口，並將門關上。

「怎麼了？」我疑惑地問。

「吻戲妳眞的可以？」

「你不像是會這麼問的人。」我挑眉。

「我曉得妳可以，但妳男朋友呢？」他特地壓低聲音說出男朋友三個字，而我一怔。

在池呈安提起前，我完全沒擔心過殷硯會不會在意。

「嗯……在我們交往前，他就知道我想當藝人，我當時也跟他說過，往後我可能會拍親密戲，或是和其他人傳出緋聞，這些他都明白。」我聳聳肩，「他不會在意的。」

「就算對方也是同個圈子的人，都不可能不在意了，何況是圈外人？」池呈安瞇起眼睛，似乎在嘲笑我的天眞，「妳是眞的不知道，還是假裝天眞？」

我沒有回話，捏緊腳本。

「我記得妳好像說過，妳和妳男友念不同大學對吧？」池呈安抽走我手中的腳本，放到旁邊的桌上，我沒抬頭看他，「妳和妳男友最近還好嗎？」

「很好啊。」

「樓有葳，我是妳在圈內少數……不，目前大概是唯一可以說眞話的人，我們要是不

互相照顧，在這裡會很孤單的。」

「孤單？」某方面來說，我們應該是競爭關係吧。

「即便圈外有再怎麼要好的朋友，他們也不會懂得我們這行的各種心酸無奈或黑暗面，而大多時候我們也無法向他們全盤托出。所以如果我們不彼此照顧，那會很辛苦。」池呈安拉開一張椅子，坐到我面前，雙手放在我的肩上，強迫我看著他，「我向妳發誓，所有事情妳都可以跟我分享，而我絕對不會告訴別人、絕對不會背叛妳，也絕對不會搞小動作。」

我呆了呆，「萬一你其實是雙面人，有天在背後捅我一刀呢？」

「那我這輩子的好運全都給妳，戲約也都給妳，我入行後賺的每一分錢也都給妳。」

「哇，這麼慎重的誓言。」我被池呈安逗笑了，隨後我收起笑容，認眞地與他對視，「我要是還不答應，就太不識抬舉了。」

「是呀，所以說，妳和男友這樣眞的可以？」

「對我而言，最重要的東西就是我的夢想。」這話聽起來有點冷血，可是雖然我很喜歡殷硯，當天平的另一端是我從小到大的夢想時，該怎麼選擇我依舊不需要考慮。

我甚至不需要向殷硯報告拍吻戲的事，因爲這是工作，我相信殷硯會懂的。

聞言，池呈安笑了起來。

「和理性的人交往很辛苦。」他下了這樣的結論，「總之，我們這支ＭＶ好好加油，在我念大學的這段期間，妳可要闖出知名度，未來等我火力全開，別忘了拉拔我。」

「現階段還是你要拉拔我呢。」我也笑了笑。

「彼此彼此。」他看了眼手機，「我晚點要和大學同學聚會，妳ＯＫ了嗎？請阿威載我們回家吧？」

「好。」我將劇本收回自己的包內，同時在內心稍微計算了下我和殷硯多久沒見了。這一算讓我大爲震驚，我們居然已經快三個月沒見面。我忽然升起危機意識，趕緊想確認上次和殷硯傳訊息的時間。

「走吧，趁今天好好休息，再來拍攝會有點忙碌喔。」助理阿威背起包包，敲了下會議室的門，我收起手機應了聲「好」，和池呈安走在阿威身後。

一路上沒什麼空檔能傳訊給殷硯，我便與他們閒聊了一會。阿威提到，池呈安拍的偶像劇後續效應很好，所以接到許多合作機會，只是由於他要專心享受校園生活，讓林姊推掉了不少邀約。

「看來我魅力無法擋。」池呈安撥了撥頭髮，故作瀟灑，「但說眞的，是因爲林姊厲害吧。」

「林姊的確厲害。」阿威打了方向燈，轉進我家所在的巷口，「不過柯總聲名遠播也是一個原因。」

「喔，這倒是。」池呈安吹了聲口哨。

大家都稱凡人娛樂經紀公司的大老闆爲柯總，他白手起家開創了娛樂帝國，成爲演藝圈裡能夠呼風喚雨的大人物之一，各家媒體及政商名流或多或少都得賣他一個面子。

不過進公司這麼久，我除了在尾牙和春酒宴席間遠遠見過柯總外，還沒有機會和他接觸，據說凡人的員工必須達到一定的位階，或是談成了大生意，才有辦法踏進柯總的辦公室。

而藝人的話，就是得紅到某種程度。

「柯總人很有趣呢。」池呈安語出驚人，不只我訝異，連阿威都透過後照鏡看了他一眼。

「哇，你是在什麼樣的情況下見到柯總？」阿威問。

池呈安雖然前途似錦，畢竟還不算當紅，柯總見了他這件事將讓大家對他更加刮目相看。

「是巧合啦，有一次我練舞練太晚，林姊說要送我回去的時候，柯總剛好和他的家人回公司拿東西。」池呈安頓了頓，饒富興味地看著我，「柯總的女兒念綠茵，一點都不意外。」

「幹麼這樣看我？」我皺眉。

「妳之前不是河東的學生嗎？河東和綠茵不是死對頭？」

「沒想到你還知道這種八卦，但我對綠茵可沒什麼意見。」我聳聳肩，「就你們夢幻高中最與世無爭。」

「喔，夢幻高中這個稱呼眞是讓人起雞皮疙瘩。」他打了個哆嗦。

「有葳，妳家到了，好好休息吧。」阿威把車停在我家一樓的大門前，我道了謝下車。

「有葳，之後片場見啦。」池呈安降下車窗對我說再見。

「嗯，謝謝你。」我回應，覺得各方面都相當感謝他。

池呈安微微一笑，將車窗升起，車子很快離去，而我立刻用手機傳了訊息給殷硯，告訴他我現在有空。

「那我過去找妳。」

這一回，我們的時間終於對上了。

我鬆了一口氣，告訴自己還是要好好守護這段戀情。

第五章

拾起水面上的落葉，轉過頭瞧見記憶中的大樹依舊佇立在那，然而當時在樹下嬉笑的男女身影已經不再。

我流下眼淚，轉身離開湖邊，朝鏡頭外走去，導演喊了一聲「卡」。

「休息一下！」導演說，而我接過林姊給我的衛生紙，擦掉了臉上的淚水，然後趕緊跑到攝影機後方，站在導演旁邊檢視剛才拍攝的畫面。

「導演，請問我剛剛表現得如何？」我有些緊張，導演緊皺著眉頭，讓我擔心自己的演出不佳。

「沒問題，表演得非常好，有葳，妳很厲害喔，幾乎都沒有ＮＧ。」導演露出笑容，拿起分鏡腳本確認，「好，我們剩下最後一個鏡頭了。」

聞言，我內心微微一緊，克制著不回頭，卻能感覺到後頭有人朝這裡走來，他的氣息彷彿也傳了過來。

「就剩最後在樹下接吻的那一幕了吧。」池呈安配合角色穿上了學生制服，顯得游刃有餘。

「有葳，快來換衣服，我幫妳補妝。」化妝師招呼著，我下意識不敢看池呈安，迅速朝化妝師那裡走去。

ＭＶ是在戶外拍攝，所以只簡單以圍起的布幕充當更衣間，我一邊換衣服一邊吐了口氣，搞不懂自己爲什麼會緊張。這明明是工作，得知需要和池呈安拍吻戲時，我也沒有任何不安的情緒，怎麼臨場卻突然退縮？

但仔細想想，除了殷硯，我幾乎不曾和其他男生親密接觸過，會產生這種情緒也算是正常的吧？只是我對於自己把話說得那麼滿，在工作時卻仍會緊張這點感到非常懊惱，甚至有些氣自己。

這代表我還不夠專業。

換好學生制服，我深吸一口氣，告訴自己必須拿出專業態度，戴上演員的面具，把無用的怯懦放到一旁。

化妝師幫我補好妝，我來到大樹底下，池呈安已經站在那裡。導演抬頭看了看天空，高聲說：「好像快下雨了，我們動作要快。」

池呈安帶著笑意注視我，「妳很厲害耶，幾乎所有鏡頭都是一次成功，這樣我壓力好大。」

「在演戲方面你可是前輩吧。」我這句話不是恭維，池呈安確實經驗更加豐富。

「可是……」他轉了轉眼珠子，壓低聲音，「在接吻這方面我是初心者。」

我笑了一聲，擺明不相信他的話。導演和攝影師正在討論等等鏡頭的呈現方式，林姊則在另一邊認眞地看腳本。

「我是說眞的。」池呈安抗議，不過音量還是很低。

「所以，這是你第一次拍吻戲？」我沒看過池呈安的所有戲劇作品，並不清楚。

「是第一次。」池呈安把手插進口袋，一陣風吹來，將我和他的頭髮都吹得紛亂，他伸手理理自己的髮絲。

這一幕還眞是好看的畫面，像池呈安這樣的男人，本身就是一幅畫。

「但總不是初吻吧？」

導演要我們兩個準備，於是我們坐到了大樹下，池呈安伸手放在我的臉頰邊就定位，導演接著喊出「Action」，我立刻面朝池呈安露出微笑。這個場景是高中時期，兩小無猜的男女主角第一次接吻，而女主角在多年後回首，這些美好皆已只存在於記憶中。

「也是初吻。」池呈安居然迅速地悄聲說了這句話，我頓時瞪大眼睛一愣，然後他便吻上了我。

我措手不及，在他離開我的唇時，我沒做出腳本中指定的表情和動作。

「卡！」導演大喊，「怎麼了，有葳？」

我看著池呈安惡作劇得逞的模樣，嚇了一跳起身，連忙向導演和工作人員們道歉，「抱歉，再一次！」

「別緊張，我們再拍一次。」導演說，所有人再次就定位，我也坐了下來。

「這是你的初吻？」我趁空檔詢問他。

「現在不是了。」他一手遮著嘴，笑彎了眼睛。

「認眞！」我忍不住打了他一下。

「這很重要嗎？」他拉著我的手要我坐好，再次伸手碰觸我的臉頰，「現在是工作中，我們該完成工作不是嗎？」

「你——」

「Action！」

他帶著微笑吻了我，我卻該死的再次沒做出相應的表情，於是又得重拍。

林姊來關心我是不是太緊張，需不需要休息，而池呈安沒良心地在一旁竊笑。

他這個人怎麼這樣？我並不覺得他是吃我豆腐，畢竟是我自己沒演好，可是他實在太故意了——

「不，不用休息，這次一定可以。」

「確定？」林姊問。

「嗯。」

所有人重新就定位，我已經害大家拍第三次了，不能再失敗，況且前面需要掉眼淚的畫面我都能一次OK，接吻的橋段卻失敗這麼多次，實在太可笑。

所以這一次，我望進池呈安眼底，當他碰觸我的臉頰時，我回以羞澀的笑容，移開了視線，接著再次看向他。這瞬間他一怔，即使十分短暫，我還是注意到了，然後他一笑，那笑容像是肯定，只是我想在鏡頭裡應該看不出來。

我輕輕勾起勝利的微笑，他柔軟的唇靠向我。雙唇交疊的瞬間，我內心歡呼，終於可以殺青了。

「我記得〈何故〉的MV在當年引起不小的騷動。」點點用手指點著下巴。

「是呀，你們那時是清純的學生扮相，卻有吻戲，讓粉絲們討論得相當熱烈呢。」滴滴纖長的手指滑過控制鈕，播放了〈何故〉作爲背景音樂。

「呈安是非常優秀的對手，他還使了點小手段，害我NG了幾次。」我笑著說，點點和滴滴都睜大眼睛。

「喔！這還是第一次聽說，是什麼小手段呢？」果不其然，他們馬上開啓八卦模式。

「都過去了，就不特別細說了，我只能說他故意講了一些話，讓我分心了，不過這也教會我無論如何都必須臨危不亂。」我對他們兩個點點頭，豎起食指示意，讓點點滴滴明白不要再追問。

「說到親密戲，有葳拍過不少親密鏡頭對吧？最親密的莫過於和周起言的床戲了。」點點再次提及周起言。

「啊，是的，他很紳士。」我歪了歪頭，「要先跳到周起言的部分嗎？」

「不不不，先繼續聊妳和池呈安一同走到如今地位的過程吧，因爲後來妳和池呈安也再合作過好幾次，雖然沒有床戲，吻戲也不少。」滴滴調整了下他的耳機，「你們甚至被網友封爲最匹配的螢幕情侶呢。」

「欸，周起言和樓有葳的CP粉也很多呀。」點點抗議。

「哎呀，我會被周太太和池太太們怨恨的。」我自嘲。

「不，我想他們兩個才會被廣大的樓粉給嚴格檢視。」點點與滴滴認眞地說。

「好了，那讓我們回味一下〈何故〉吧。」點點邊說邊將麥克風關閉，「辛苦了，妳休息一下吧，需要去個洗手間嗎？」

「啊，來得及嗎？」

「可以，這首歌搭上廣告，大概有四分鐘的空檔。」滴滴看了手錶，「我們剛才提的問題都還行吧？有沒有不妥當的？」

「都沒問題。我先去洗手間，熊妍會和你們討論。」我點頭，拿下耳機快步走出錄音室，熊妍來到我身旁。

「妳今天應該沒有打算給我什麼驚喜吧？」

我微微一驚，「爲什麼這樣問？」

「因爲我總覺得妳怪怪的，今天有點太赤裸了。」她皺眉。

「赤裸？什麼意思？我明明有穿衣服。」我打趣地說。

「就是有問必答，雖然還是有些隱瞞，可是……」她搖搖頭，「算了，妳快去洗手間，我和兩位主持人確認一下後面的問題。」

「嗯。」熊妍進入錄音室，我則走向洗手間。

迅速解決生理需求後，我拿出手機傳了訊息給他。

「今天的廣播節目是兩小時。」

而他很快已讀。

「我知道，我有在聽。」

我正在打字，他又傳來訊息。

「所以我延後一個小時到，對吧？」

「對，會不會耽誤你的行程？」

「不會，廣告似乎快結束了，妳快回去吧。」

我正要回以貼圖，他再次傳了訊息：「話說回來，妳今天還眞是據實以告。」

我不禁一笑，他跟熊妍說了類似的話。

我曾經認爲，交往中的兩人，很多事情毋須老實告知對方，也該彼此理解，直到後來才終於明白，原來理解是建立在據實以告的情況下。

〈何故〉ＭＶ的成功在林姊預料之內，但引發的討論度之高卻出乎我們的意料。

當年無論是哪個電視或廣播頻道，幾乎都會播放這首歌，更別說因爲這首歌的緣故，讓我得到了第一份配音工作。

配音是完全不同的領域，不過林姊要我多方嘗試，她說唯有如此，才能將我的所有潛能發揮到最大。

「不是人人都有機會當全方位藝人，妳有這個天賦就必須接受能者多勞。」林姊總是毫不諱言現實，「我並非因爲妳是我的藝人才如此誇妳，即使我想栽培妳，也要妳栽培得起，同時更要業界的人認爲妳可以才有辦法。」

她將某家配音公司的資料放到桌上，「練習發聲錄音公司雖然不是特別大的公司，不過配音品質一流，能被他們相中，代表妳也有一定的實力。」

「是他們主動找我的？」

林姊笑了聲，「怎麼可能，是我將妳的單曲提供給了他們，但既然他們同意合作，就表示妳有潛力。」

「林姊，謝謝妳。」

林姊拍拍我的肩膀，「等站上了一定的位置，再來感謝我吧。」

在前往練習發聲試音的前幾天，我接受了某家雜誌的專題採訪，身爲ＭＶ男主角的池呈安也一同受邀。當我在休息室等候時，收到了余潔煞有介事的長篇訊息，她要我好好跟

殷硯解釋那支MV的事。

我不明白有什麼好解釋的，大家不是早就曉得我想朝演藝圈發展了嗎？

難道他們都以爲我只是說說？難道他們不曉得我眞的能做到？難道他們以爲我就算進入演藝圈，也只是唱唱歌跳跳舞？

所以面對余潔的關切，我只是敷衍地回應幾句。

無奈余潔並不是會輕易罷休的個性，她直接打了電話給我，我一接起她就沒好口氣：「有葳，我知道妳不愛聽這種話，也知道你們有自己的相處方式，可是正因爲你們不是一般情侶，所以更不能對彼此隱瞞任何事，妳懂嗎？」

「老實說，不懂，就像我不懂妳爲什麼要打這通電話。」

「我是關心。」余潔似乎被我的冷漠嚇到了，同時也停了聲音。

「這有點……多餘。」我抿抿嘴，我正準備接受採訪，而在等待的空檔居然得面對余潔的質疑，這讓我不是太開心。

「我不確定妳對你們的感情有自信到什麼程度，但妳認爲殷硯不會不安嗎？你們多久沒見面了？多久沒好好聊天了？難道就因爲妳曾說過想進演藝圈，殷硯就該無條件包容一切？」余潔的話無比直接。

「我很久以前就跟殷硯說過可能會有這一天，殷硯都沒問了，爲什麼妳要問？這是我們兩個之間的事，也是我的隱私，不是嗎？」我也有點生氣了。

「妳現在是以我的朋友樓有葳的身分，還是以那個在電視上的明星樓有葳的身分跟我談隱私？」

余潔的話讓我愣住了，此時林姊敲了休息室的門，提醒我訪談即將開始。

「我就是樓有葳。」說完，我掛斷電話。

無論是身爲余潔朋友的我，還是身爲藝人的我，不都是我嗎？

訪問中我有點心不在焉，不過還是完美地結束了。之後沒有其他行程，於是我看了下自己的課表，確認下午沒課，便決定回家休息。

「等等妳要去見男友嗎？」在回休息室的路上，池呈安小聲地問。

我趕緊轉頭，確定林姊站得很遠，並且正在跟記者們聊天後，才瞪了池呈安一眼，「你就不怕隔牆有耳？」

「我有那麼笨嗎？」他聳肩，「所以妳要去見男友嗎？」

「他下午有課，我要回家休息。」我打了個哈欠。

「欸？如果是我，既然有難得的空檔，不管對方有沒有課，我都一定會跟他說耶。」

池呈安故作驚訝。

「要他完全配合我太自私了。」

「哪有這麼理性的呀，當然要先告訴他，讓他選擇啊，他如果沒辦法見面也沒關係，至少妳提了見面。」

「可是這樣不就像是把錯誤推給對方嗎？」

「怎麼會？」池呈安不解。

「要對方做選擇的話，假如對方不能見面，不就變成他的錯了？」我打開休息室的門，池呈安跟著進來。

「那如果對方事後才得知妳明明有時間見面，妳卻沒說，不就像是妳認爲對方不重要了？」

我嘆口氣，「談戀愛不能那麼自私。」

「雖然我沒談過戀愛，也知道談戀愛不會這麼理智。」池呈安彈了下手指，「還是說，因爲妳是土象星座的關係？但就算是土象星座，眞的愛上了也不會如此理性呀。」

「等一下，你說你沒談過戀愛？」我挑起一邊眉毛。

「是呀，我講過好幾次了吧。」池呈安聳肩，「我不是還說過，拍〈何故〉的MV那次是我的初吻。」

聽他這麼一說，我又有點尷尬，不禁結巴地回：「我、我以爲你是開玩笑的。」

「怎麼會以爲我是開玩笑？」他勾起嘴角。

「我以爲、以爲你是要考驗我的臨場反應……」我訥訥地說。

「哪有可能，我很認眞耶，哪裡像開玩笑。」池呈安無奈地再次聳肩，「作爲奪走我的眞正初吻與螢光幕初吻的對象，妳有什麼感想？」他做出像把麥克風遞給我的動作。

「你很無聊。」我忍不住笑出來，拍掉了他的手。

「哈，心情好多了嗎？」他笑著閃躲我的攻擊。

這句話讓我一怔，「你覺得我心情不好？」

「至少能肯定妳有些心不在焉。」他指指自己漂亮的眼睛，「我看得出來，剛才採訪時妳不太專心，不過回答得都很得體，所以倒也不要緊。除了我以外，應該沒人發現。」

「我不該把私人情緒帶到工作場合，是我的問題，很抱歉。」我誠懇地表示，池呈安卻露出驚訝的神情。

「天啊，樓有葳。」池呈安拍了自己的頭，「我跟妳說這些不是要妳道歉，也不是在譴責妳的工作態度。」

我不明白他的意思。

池呈安看笨蛋似的看著我，「我以前不是跟妳說過？我們兩個要互相照顧，所以妳有煩惱可以跟我說啊。」

原來是這麼回事，「謝謝你，可是這是我的……」

「我知道，私事，但若妳沒有人可以傾訴，不妨跟我說。」池呈安搔搔脖頸，「畢竟我們是同一個圈子的，站在同樣的立場與位置，更能理解彼此的難處和想法。」

我思考了一會，決定把稍早余潔的指責告訴他，「我男友都沒問了，爲何一個女性朋友要質疑我？」

「這個嘛，我之前就跟妳說過，不同圈子的人是很難理解我們的。」

「那你覺得我該怎麼做？」

「我覺得，妳應該打電話跟妳男友說，妳等等有空。」池呈安對這點眞是堅持，「他要不要蹺課見妳是他的選擇，只是如果是我能見到久違的女友一面，我鐵定蹺課。」

「他不是那種會不顧課業的人。」

「重點不是顧不顧課業，是很難得能見一面。」池呈安大大嘆氣，「講直接一點，要是他沒有來見妳，表示你們這段感情也快走到終點了。」

我心下一驚，「為什麼這麼說？」

「怎麼我這個沒談過戀愛的人，比妳這個正在戀愛中的人還了解愛情？」池呈安莞爾，「因為照理說妳最重要，懂嗎？不是要妳耍任性、公主病，只是在你們已經這麼久沒見面的情況下，再加上妳的工作性質，他現在要是不來見妳，下次什麼時候見妳？」

「這樣……不就是他在配合我、遷就我？」如此一來，我們之間的天平完全是失衡的。

「是啊，本來就是這樣，不是嗎？」池呈安挑眉，「如果哪天他不想配合妳、遷就妳了，那就是愛情邁向盡頭的時候。」

我咬著下唇，忽然想起了小品。

當初殷硯和我交往，有很高的機率是由於我與小品相像，可如今過了這麼多年，就連余潔他們都鮮少提到小品了，因此我也逐漸忘記這回事，以為殷硯應該不再惦記小品，而是注視著我。

畢竟我是樓有葳，站在螢光幕前、擁有許多粉絲的樓有葳。

我是個可以讓殷硯驕傲的存在了，我的光芒應該能夠蓋過在他的記憶中逐漸褪色的小品。

所以，我已經很久沒有想起小品了。

「那、那……我要主動跟他提ＭＶ的事嗎？他一定看過了，而且時間都過了這麼久，我還需要說嗎？」我驀地有些慌張。

池呈安轉轉眼珠子，「嗯——依常理來說，妳是該主動跟他講。」

「那我……」我拿起手機想傳訊息，池呈安卻壓下我的手機，面帶調皮的笑容。

「不過就我個人而言，會希望妳不要告訴他。」

「為什麼？」我疑惑。

「是啊，為什麼呢？」他瞇眼微笑，鬆開了手，並往後退一步。

我搞不清楚他是什麼意思，而此時林姊敲了休息室的門，要我們準備離開，於是我們之間的話題便結束了。

回家後，我算準殷硯下課的時間，打了電話給他。

「喂？妳今天怎麼有空？」殷硯的嗓音聽起來一如往昔。

「嗯，我臨時有時間，你有空嗎？」不知怎麼的，我很緊張。

「我人在學校。」他頓了下，「我下午滿堂。」

「我知道，我是說，你有空嗎？」我搓著手指，「也許我可以到你的學校附近，我們能見個……」

「妳不太方便吧。」他似乎走到了比較安靜的地方，「現在很多人認得妳，所以別冒險。」接著，他那邊傳來打鐘聲，「我要去上課了，妳趁這個機會好好休息吧。」

說完，殷硯便掛了電話。

池呈安的話彷彿在我耳邊響起——要是他沒有來見妳，表示你們這段感情也快走到終點了。

我立刻找出口罩、帽子和眼鏡將自己喬裝好，叫了計程車就要去殷硯就讀的南大。

當我要出門時，卻被媽媽攔了下來，她要我待在家裡休息。

「可是我必須……」說到這裡，我噤了聲，媽媽並不知道殷硯的存在。

這段戀情打從最一開始就沒什麼人知情。

況且仔細想想，我去了那裡又如何？南大占地不小，我甚至不曉得殷硯的系所在哪一棟校舍，而他又在哪個教室。等抵達再打給他的話，他有空嗎？如果到時候他還是說沒空，那我不就……我不敢想像。

「妳看妳臉色這麼差，是不是太拚命了？要不要請林姊少安排一些工作給妳……」

「不！我沒事！」我趕緊制止媽媽，目前正是我的事業發展關鍵期。

「是嗎……妳不要太勉強自己。」媽媽溫暖的手撫過我的臉頰，「快點去睡一下，我燉個雞湯幫妳補一補。」

「哇，我最喜歡雞湯了！」我歡呼，只得暫時將殷硯的事放下。

有時候，在某些事情發生的當下，你會認爲自己的決定是由於沒有其他選擇，或是情勢所逼。

可是當事過境遷再次回首，你才會意識到，其實我們永遠都有選擇，只是當時我們找了個理由，告訴自己沒有選擇。

就像其實我還是可以選擇去找殷硯，然而我沒有。

我也可以選擇向媽媽坦白殷硯的存在，然而我也沒有這麼做。

甚至我可以直接告訴殷硯，我想他、想見他，但我依然沒有。

或許在那個當下，我們已經隱隱明白了某些事實，所以做出的決定也是順應內心眞正的想法。

以我來說，這個事實就是，我和殷硯已經不在同一個生活圈了。

✦

「歡迎回到點點滴滴，我是點點。」

「我是滴滴。哇，剛才聽了〈何故〉，我的雞皮疙瘩還是掉滿地。」

「說得太誇張了吧。」我大笑，「好在這是廣播節目，否則你們一定會順便播ＭＶ吧？」

「那當然嘍！」滴滴對我眨眼，「說到廣播，我們前面聊到，有葳後來也參與了很多廣播劇以及配音工作對吧。」

「前情提要一下，一開始是練習發聲錄音公司讓有葳爲某部動畫的配角配音，後來有葳又和他們合作了不少聲音作品，等有葳眞正走紅之後，過去配音過的角色也被廣大的樓粉們挖了出來，連帶使練習發聲的名氣水漲船高。」點點對來龍去脈瞭若指掌。早期點點與滴滴和練習發聲有合作一事，算是業界的公開祕密，但如今他們也不隱瞞這點了。

「練習發聲本來就是一間很優秀的配音公司，第一次的配音工作能與他們合作，是我的榮幸。」

即便說這是我人生的另外一個轉捩點，也一點都不誇張。

我永遠記得那一天，池呈安為了參加與大學同學的聚餐，而推掉了一個非常重要的品牌紀念酒會，因此林姊不是很高興。

「雖說我答應過要讓他度過愉快的大學生活，但沒想到他連露個面都拒絕，那能為他製造多高的曝光率呀！」由於太出乎意料，林姊難得向我抱怨。

我在心裡竊笑，因為稍早池呈安傳了訊息給我。

「其實我是要在家睡覺，只要答應林姊一次，她以後就會一直叫我出席各種活動，還有安排各種工作，所以一步都不能退讓！」

池呈安堅持得徹底，而我也把這個祕密藏在心中，嘴上附和林姊：「是呀，要是呈安對工作更上心點就好了。」

「哇嗚，雙面人。」

池呈安得知我怎樣贊同林姊後，這麼回覆我的訊息。

「請說我是懂得察言觀色。」

回傳了訊息給他，我將手機收起，與林姊步入練習發聲錄音公司。自動門一開啟，便見到櫃檯後方的牆壁上是公司的LOGO，一位小姐過來與林姊握手，並請來了練習發聲的負責人。

「練先生您好，承蒙您照顧，這位是我們公司最近積極栽培的新人，樓有葳。」林姊向負責人介紹我，而我露出端莊不失大方的微笑。身體要站挺，不能顯得驕傲，但也不能令人感覺膽怯。

「您好，我是樓有葳，謝謝您給我這個機會，還請您多多指教了。」我深深鞠躬，雖然每次這樣都會被池呈安調侃表現得有點誇張，可是我認爲沒什麼不好。

「哪裡，妳有個能幹的經紀人啊，好好表現。」練負責人說，接著朝另一邊喊人過來，我順勢看去，一個男人迎面走來，然而我卻注意到男人後頭的兩個女孩。

她們看起來不是工作人員，也不是配音員，比較像是來參觀的大學生。出於好奇，我多看了兩眼——

要不是服裝不同，驚鴻一瞥之下，我還以爲自己看見了鏡子。

我曾經懷疑過，小品真的長得和我這麼像嗎？

我們又不是雙胞胎，陌生人相像的機率有高？會不會是殷硯他們幾個的記憶出了問題？

我原以爲自己這輩子都不會見到小品本人，可是這世上不可能還有另一個人與我神似，所以，那個女孩就是小品。

我和小品的相像，是奇蹟般的巧合。

我無法言喻自己有多麼震驚，腳下彷彿生了根一樣難以舉步，林姊輕推了我的背一下，我的目光卻無法從小品臉上移開。

她正和同行的女生交頭接耳，接著她抬頭看過來。

這瞬間，我有如被雷擊中般渾身顫抖，趕緊移開了視線。

「妳怎麼了？」林姊小聲問我，前方錄音室的門已經打開，我告訴自己要鎮定，現在是工作中，我不能失態。

「沒事，我只是看見那邊有個女生跟我長得挺像的。」我戴起身爲藝人的面具，扯了扯嘴角，「有點像是我的國小同學。林姊，妳能幫我確認一下她的名字嗎？」

林姊朝小品的方向望去，「資質似乎不錯。」

「別說是我問的。」說完，我進入錄音室，裡頭一位正在看稿子的年輕男生抬頭，對我露出微笑。

「樓有葳妳好，我是練育澄。」他伸出寬大厚實的手掌，我也伸手與他相握。他是這家錄音公司的小老闆。

在錄音室的門關起前，我見到小品和另一個女生離開了公司。

「她叫做姬品珈。」上車後，林姊證實了我的猜測。

小品，姬品珈，同有「品」這個字，還有……姬這個姓氏。

這世上沒有這麼多的巧合，更多的是必然。

「喔，不是我同學，我認錯了。」我表面上維持冷靜，注視著車窗外的車水馬龍。

「我留了名片，希望她也對演藝圈有興趣。」林姊轉動方向盤，「不過妳們雖然長得像，但她沒有妳的那種感覺。」

「什麼感覺？」

「明星氣息。」林姊自豪地笑。

我跟著笑了兩聲，將手撐在下巴，努力壓抑牙關的打顫。

殷硯、余潔、高立丞。

你們找了很久的小品，被我找到了。

我要告訴你們嗎？

殷硯，你現在還會想找到小品嗎？

第六章

由於無預警遇見小品，導致我始終有些心不在焉，結果不小心在直播節目上失言了。

這是我的職業生涯中，最嚴重的一次失誤。

其實那只是短短二十分鐘的直播，爲了宣傳便利商店與某部卡通聯名的化妝包，只要集滿一定的點數便能免費兌換。廠商將直播作爲第一場發表會，並邀請我和池呈安擔任嘉賓，畢竟我們曾替這家便利商店拍過廣告。

我對這部卡通並沒有特別的感覺，也不覺得角色哪裡可愛，不過這部卡通十分受歡迎，且我前陣子還代言了聯名款服飾。

工作是一回事，我的喜好又是另一回事，只是身爲藝人，我們是不會老實這麼說的。

然而當主持人詢問我最喜歡哪一款化妝包時，我竟脫口表示：「這幾款都不可愛，我不喜歡這個卡通人物。」

話一出口，我馬上意識到失言了，但這是直播，沒辦法改口。見主持人的表情略顯尷尬，池呈安趕緊說：「沒錯，我也不喜歡，我們是超愛！」

我順著池呈安的話，立刻拿起那些化妝包和他一搭一唱，可觀眾們並不是白痴，這段直播很快就被剪輯出片段流傳，甚至還被改編惡搞。

網路上充斥著對我的批評，像是「代言了聯名款還敢說討厭那個卡通人物」、「是瞧不起卡通嗎」、「對啦，她最可愛，人家可是公主，卡通人物怎麼比得上她」、「好失望，一點都不專業，代言還說角色不可愛」等等，甚至有人說要「拒看樓有葳」。

林姊對於我犯了如此低級的錯誤感到不可思議，她原本想唸我幾句，可是看我被網友罵得這麼慘，再加上我也自責不已，於是她拍拍我的肩膀，「這根本還不算慘。」

這話確實沒錯。

池呈安雙手環胸，靠在牆邊瞧著我，而我拍拍自己的臉頰，告訴自己必須振作。如果因爲這點小事就垮了，我還當什麼藝人？

「林姊，這件事我自己解決。」

「妳要怎麼解決？」林姊皺眉。

「我打算自己開一場直播，然後……」我聳聳肩，「這一次我不會搞砸。」

「妳必須跟我講清楚妳準備說些什麼，否則要是……」林姊神情嚴肅，池呈安卻打了個哈欠，打斷她的話。

「林姊，就讓她試試看，她得有一定的危機處理能力呀。」池呈安一邊說一邊轉身往電梯的方向走，「相信她吧。」

「林姊，相信我吧。」我跟著說。

相信自己的藝人，有時也是經紀人要學習的事。

「好吧，妳要知道，萬一妳再次搞砸，而凡人卻沒有能力收拾的話，那也不需要我們這家公司作後盾了。」林姊說得像是認爲我會失敗，但也十分令人安心。

「謝謝。」我的語氣堅定。

於是那天晚上，我開了直播，這是我進入這個圈子以後，第一次在家中開直播。

「哈囉，各位好，我是樓有葳。」看見自己的臉在手機螢幕上出現，而觀看人數瞬間飆升，我有些緊張，「最近的失言事件鬧得沸沸揚揚，我先向大家道歉，我今天開直播就是為了和你們解釋，為什麼我會說出那麼不專業的話。」

在演藝圈的這些日子，我見過許多由於網路的發達，而使藝人的失言風波迅速擴大的案例，有的公司危機處理得宜，將之化為藝人的轉機，但也有處理不好越鬧越大的，導致只能暫時冷凍藝人。

我時常會想，假設有一天我也遇到同樣的狀況，我該如何面對，最後歸納出兩個重點。第一點是必須在第一時間處理，所以我今天晚上一定要解決，而第二點便是說實話。

當年姬雪的遭遇讓我明白，當你什麼都不說，或是選擇以藉口搪塞時，得到的永遠只會是嘲弄和謾罵，因為人們想看你跌到谷底。你原本越是趨近完美，在墜落時也會傷得比任何人都來得重。

「我那天在直播時說，那些化妝包都不可愛，我都不喜歡……對，那是實話，事實上我不太喜歡吃甜點，也不喜歡任何可愛的東西，我的房間裡沒有娃娃與公仔，小時候更從來沒玩過洋娃娃。」說完，我拿起手機，「為了證明我所說的，我可以給大家看看我的房間。」

公開房間格局是非常赤裸的一件事，不過我將窗簾都拉上了，觀眾沒辦法透過窗外景色判斷出我的住家位置。

「我唯一擁有的娃娃，就是這次代言服飾的聯名角色，我甚至還去買了角色設定集。我確實沒有喜歡哪個卡通人物，可是我對自己代言的角色很忠誠。」說著，我從衣櫥裡拿出好幾件聯名款服裝，「這些衣服除了廠商贈送的以外，我自己也買了幾件，而且還會穿出門……」我一邊說，一邊拿出平板，將我平常練舞、上課，以及私下在家中的照片對著鏡頭展示。

我不太敢看留言，逕自繼續說下去：「我的確並不深愛這個角色，也不覺得它特別可愛，不過我對這個卡通人物的了解，和觀看直播的你們相比絕對是最透徹的。不然，你們可以隨便考我。」

「眞的可以隨便問？」

「講講而已吧，怎麼可能都知道。」

「好啊，我考考看，這個角色是什麼星座？」

「這問題太刁鑽了吧？」

「設定上是一九六四年五月二日，金牛座。」我回答，留言冒出一連串驚嘆號，有人馬上去找答案，證明了我說的沒錯。

「那第一次在電視上登場是什麼時候？」

「一九九六年，在日本電視臺第一次登場，而在二〇〇〇年已經有十六個國家播出它的卡通。」

「神扯！是維基百科嗎？」

無論網友們怎麼考，我都能對答如流，於是大家紛紛改口。

「沒有愛卻了解到這種程度，也是一種愛吧。」

「總比有些人只會嘴巴上說喜歡，然後不購買支持還一問三不知，那光說喜歡有屁用？」

「是呀，有哪個藝人代言商品可以做到像樓有葳這樣？」

「隨便發個文道歉就裝沒事的藝人一堆，有葳根本超有誠意。」

「有葳有葳，我永遠支持妳！愛妳！」

透過這場直播，我成功扭轉了輿論，然而這並不是僥倖。

我眞的去研究了角色背景，我認爲既然選擇代言商品，就有責任了解各項細節，即便它只是虛擬人物，我也必須了解透徹。

於是我鬆了一口氣，爸媽也對我的危機處理讚譽有加，而當直播結束後，我接到了林姊的電話，她說我做得很好，出乎她意料的好。

不久池呈安也打電話過來，「一般來說，藝人犯錯都會希望公司幫忙善後，然後自己躲在公司背後適時說句對不起就好，我以爲妳也會這麼做。」

「那樣太奸詐了，如果我是粉絲，肯定無法接受這種敷衍的做法。」

「所以樓有葳，妳讓我刮目相看了。」他的語氣認眞無比，「我重新看待妳了。」

「難道之前我在你眼中的評價很低？」

「不，我之前認爲妳是個比較優秀、單純，又和我聊得來的藝人，但經由這件事，該怎麼說呢……妳應該有過在某個瞬間突然對某個人尊敬起來，或是好感度加倍的經驗吧？」池呈安笑了聲，「對我而言，現在就是這種狀況。」

這番率直的話語令我非常不好意思，「不用這麼誇獎我啦，這是我該做的。」

「可是能做到這樣的人少之又少，妳確實表現得很好。更重要的是，妳是眞的本來就有去了解商品，畢竟臨時抱佛腳不可能做到這種程度，對此我實在慚愧，我完全沒做功課，林姊說接我就接了。」

「這沒什麼，了解商品是我自己想做的。」

「正是因爲如此，才讓妳與眾不同，我也更加欣賞妳了，妳眞的很厲害。」他再次讚美，雖然有點誇張，我卻不感到討厭。

「謝謝。」我笑了起來，被池呈安肯定比被林姊稱讚還更令我開心。

我知道自己不能繼續把小品的事放在心上，便想辦法確認了小品就讀的大學。這並不難，我藉著去練習發聲配音的機會，假裝隨口問了練育澄，那天在錄音室外頭的兩個女生是否也是配音員，於是得知小品是念洛大。

接下來，我請人脈廣的熊妍幫我打聽小品在洛大的情況，熊妍難得識相地沒問我太多，也很快就告訴我小品似乎有個曖昧對象。這令我放心不少，不過並沒有放心到可以對殷硯說。

也許是出於隱隱的罪惡感，我無法坦然面對殷硯或是余潔，再加上演藝工作變得比以往更加忙碌，就算難得有休息時間，我也往往一不小心就睡到下一個工作到來，或是上課前。

我和殷硯越來越少見面，我既感覺難受，同時又鬆了一口氣。

因爲我不知道自己準備好在殷硯面前說謊了沒有。

「樓有葳，妳在做什麼？」

我拿下一邊的耳機，回頭看向池呈安，他剛練完舞，上身靠在牆邊，另一手用毛巾擦臉。

「聽歌曲的旋律。」我晃了晃自己的耳機，然後把手機正在播放的音樂關閉。

「妳這麼快又要發新單曲了？」池呈安吹了聲口哨。

「沒有，這是網路上一位素人的創作，單純只有旋律。我想嘗試自己塡詞，所以正在練習。」我側了側身，讓他看見我放在膝蓋上的筆記本。

「練習是好事，妳眞是勤奮又有才華呀。」他笑了，也過來和我一起坐在樓梯階上。

「你怎麼會來樓梯間？」

「練完舞之後，我都會想來這邊吹吹風。」池呈安指了眼前半開的窗戶，涼爽的夜風吹了進來，「沒想到就看見某個人坐在這耍自閉。」

「這邊比較安靜，我才能靜心思考。」我闔上筆記本，望向窗外的夜空。

雖然看不太見景色，不過我的目的也不是爲了看風景，只是想稍微放空一下。

「妳最近怪怪的喔。」

「哪裡怪？」

「說不上來，就是怪怪的。」池呈安傾身湊到我面前，仔細端詳我的臉。因爲他的靠近，我的身體不自覺地往後退，碰到了樓梯邊的欄杆。

他的目光在我臉上打量，一手摸著已經擦乾的下巴，即使剛練過舞，滿身都是汗，池呈安的身上依然沒有惱人的汗臭味，反倒帶著清香的氣息。這到底是什麼完美男主角的設定？

「你靠太近了。」我說。

「上次接吻時更近。」他故意這麼回答，我眯起眼睛瞧他，而池呈安笑了起來，「就是要這種覺得我很煩的表情，才比較像妳。」

他退回安全距離，拿起隨身水壺喝了一大口，「我原本以爲妳是工作上遇到了什麼問題，這樣我可能就不方便多問，畢竟也許關乎商業機密。但後來我發現好像是私人問題。」他起身走向安全門，朝門內看了下，又來到樓梯扶手旁，探出頭朝樓上和樓下張望，確定都沒有人後，才回到我旁邊的位置，壓低聲音問：「是和男朋友怎麼了嗎？」

我扯了下嘴角，覺得池旻安要是不當明星，去做需要觀察人類的工作也挺適合，如果我沒記錯，他念的的確是相關科系。

或許是池旻安和我屬於同一個圈子，卻又離我的日常生活最遠，所以面對他我總是能放下戒心，告訴他內心煩惱的事。

「他有一個忘不掉的女生，卻與對方失聯了很多年，當初他會跟我交往，有很大一部分是由於我和那個女生長得很像。我本來認爲交往了這麼久，如今我的重要性應該超過那個女生了，可是前陣子，我因爲工作的關係，意外遇到了那個女生。」

「這麼離奇，確定不是偶像劇？」池旻安瞪大眼睛，「她也在演藝圈？」

我搖頭，池旻安又問：「那妳怎麼能確定妳沒認錯人？」

「我就是能確定。」我不想解釋得太清楚，「我沒打算告訴我男友，雖然我信任他，但還是沒辦法告訴他。」我緊張地捏著手指，弄得指尖都泛白了，「我這樣做是對的嗎？嘴上說著相信我和他之間的感情，卻害怕告訴他這件事，我終究還是擔心動搖我們的愛情。我明白他有多想見到她，要我告訴他，我做不到，然而不告訴他我又很愧疚，不知道該怎麼辦。」

「原來是這樣。」池呈安點著頭，「答案很明顯呀，妳已經說了不想告訴他，因爲妳對這段感情沒自信，覺得要是男友得知那個女生在哪裡，一定會去找她，畢竟如今你們聚少離多，感情應該很淡了，那個女孩卻能時刻陪在他身邊，他們還能一起重溫過去的時光。妳明明不想告訴他，卻又想裝好人認爲自己這樣不對，這有意義嗎？」池呈安的話一針見血。

我捏緊自己的手，感覺自己被看透了。

「那如果是你呢？難道你就能毫無罪惡感地在女友面前裝沒事？這樣你還能理直氣壯地說這段愛情毫無瑕疵？」我有點惱羞。

「當然能，爲什麼不能？」池呈安一臉疑惑，「當我下定了決心，就會捨棄掉不必要的情緒。假如我是妳，我永遠不會告訴男友那個女孩的下落，也不會把愧疚放在心中。」

「你……」面對他的坦然，我一時間不知該如何反應。

池呈安在我面前蹲下，「樓有葳，妳要學會果決，這對妳有利無弊。」

「這會不會讓我成爲一個……沒有溫度的人？」我注視著他的眼瞳，在光線微弱的樓梯間，他顯得如此虛幻。

「傻瓜，恆溫就行，太熱或太冷都不好。」他拍拍我的肩膀，「這只是一個很小的煩惱，況且妳心中不也有答案了？那就拋開罪惡感吧，他們有緣的話就會相見。」

見池呈安要離開，我抓住他的手。

「那假設我沒有答案，你會給我什麼建議？」

「基於私心，我當然希望妳告訴男友，讓他去找那個女生，然後你們的感情受到考驗，最後分開，妳恢復單身。」池呈安說得認眞。

「爲什麼？因爲這樣我才能好好工作嗎？」

他轉轉眼珠子，「這麼說也沒錯，不過這就只是出於我的私心。」

窗外忽地吹來一陣略強的風，將我的頭髮吹上了臉龐，池呈安伸出手，將附在我頰上的髮絲勾往我的耳後。

「什麼私心？」

「就是我自己的希望。」他微笑，退了一步，離開樓梯間。

晚風十分涼爽，時節也即將入秋，我卻覺得剛才被池呈安碰觸過的地方，好熱。

✦

「如果我沒記錯的話，有葳最近一次的配音作品是《小莎歷險記》這部短篇動畫的角色吧？」點點的話將我的思緒拉回來，我點點頭，「是呀，那是一部非常有趣的動畫，編劇還是吳雨錚老師。」

「那可是臺灣代表性的短篇動畫之一，我還看到掉淚了。」滴滴在一旁說，「不過在此之後，妳就沒有配音作品了，未來有計畫再次回到配音界嗎？」

「配音的世界實在太廣大，我越是接觸，越是覺得自己過於貧淺，但我對於這一塊還是很感興趣，前陣子還和周起言、池呈安合作了廣播劇。」

「啊，沒錯，我居然漏掉廣播劇沒提，眞是太失職了。」點點拍了下自己的頭，「聽眾們一定也聽過那齣廣播劇吧？官方特別開放大家票選要讓有葳和周起言或是池呈安的角色在一起，引起了不小的話題。投票結果還沒公布對吧？」

「晚點就會公布了。」我笑著說，表定公布時間是今天午夜。

「我可是投票給周起言呀，不過我要先聲明，這是因爲我比較喜歡周起言在劇中的角色設定，不是不喜歡池呈安。」滴滴就怕得罪了廣大的池太太們。

「這部廣播劇能如此火紅，除了因爲身爲凡人鐵三角的你們三位，以及吳雨錚老師，練習發聲的配音員也是一大亮點。」點點滴滴說起練育澄神乎奇技的聲線轉換，又提到許多國外動畫都指定中文版由練習發聲錄音公司負責配音。

這時我卻想到，即便我決定不把小品的行蹤告訴殷硯，我和殷硯的感情仍是改變了。不管小品有沒有和殷硯重逢，她都不曾消失於殷硯心中。

又或者，其實一直以來都與小品無關，我和殷硯注定就是會漸行漸遠。

在我體悟到這一點之前，周起言出現了。

那是一個陰雨綿綿的午後，在池呈安大學畢業前夕，我上完訓練課程後來到茶水間稍作休息，準備晚上要進行發聲練習，結果遇到了一個沒見過的男生。

他濃眉大眼，模樣清秀，卻染著一頭粉紅色頭髮，即便在演藝圈也鮮少有人染如此猖狂的髮色。

因為沒見過他，我僅是點頭微笑，拿著自己的水壺裝滿了水，坐到一旁的椅子上看向窗外風景。

「妳是樓有葳！」他忽然出聲，我頓時嚇了一跳，一回過頭，他已經來到我面前，用力抓住我的手不斷搖晃，「我知道妳是凡人的藝人，但沒想到這麼快就能見到妳！我好高興！」

他激動的模樣令我有些卻步。他是粉絲嗎？不，公司不會讓粉絲進來，比較可能是某位同事的客人。

「不好意思，我不太方便……」我想和他拉開距離，他卻自顧自地介紹起自己。

「我叫周起言，今年二十三歲，很扯喔，我是走在路上被人家遞名片的，我想說都什麼時代了，誰會相信星探這種事，所以原本不打算理會，結果一注意到名片上寫著『凡人娛樂經紀公司』，馬上就想到妳了！我抱著被騙就快跑的心態來了這裡，沒想到還真的是凡人……」他劈里啪啦講了一大串，這下子我明白了，他不是誰的客人，而是新同事。

若是未來的同事，那就不一樣了，所以我立刻抽回自己的手，並板起臉孔。

「放開我。」

見我突然變臉，眼前這個好看的男人——不，應該說男生，他雖然年紀比我和池呈安都大，舉止卻有些魯莽——顯得愕然。

「呃……我做了什麼嗎？」

「如果我們是同事，你就不能這樣大驚小怪，你以後也會是同個圈子的人。」我甩甩手，「我等等還要練習，請不要打擾我休息。」

「哇，一發現我不是粉絲，馬上就露出本性嗎？」

我眉頭一皺，不悅地盯著他。

「你這什麼意思？」

「就是字面上的意思呀……等等，我不是在損妳，我覺得妳這樣很好，公私分明。」他搓了搓鼻子，「往後我們就是自己人了，不用客氣啦！」

我跟不太上他的思考，只對他扯了下嘴角微笑，就再次轉頭看窗外，不想再理會他。

「周起言，你在這……啊，有葳，妳也在呀。」林姊踏入茶水間，見我們兩個各據一方，她立刻蹙眉質問，「起言，你又做出令人無法招架的行爲了嗎？」

「咦？那應該是熱情吧？怎麼會是無法招架呢？」周起言聳肩一笑。

「沒事，我本來以爲是粉絲。」我起身，將水壺裡剩下的水喝光後，再次裝滿，隨即看向周起言，「以後多多指教了。」

「哪裡，我才要請妳和池呈安多多指教。」他的眼神閃爍著某種光芒，跟著林姊離開了茶水間。

我傳了訊息告訴池呈安這件事，對於公司簽下新藝人，他毫不意外，接著把自己畢業典禮的日子告訴了我。

我問他這是什麼意思，而他要我準備好花束。

「林姊一定會要妳過來，到時候合照上傳之類的，畢竟我一畢業，等於就要全力衝刺演藝事業，當然要先製造話題啦。」

我同意他的看法，於是我開啟手機的行事曆，在池呈安畢業的日子做了標記，然後便離開了茶水間，壓根沒想到在剛剛休息的十幾分鐘裡，我可以聯絡一下殷硯。

✦

如果說池呈安因為在高中的成果展上表演，而被發掘成為明星這件事是個傳奇，那麼周起言走在路上突然被找來當明星也不足為奇了。

可是，周起言依然成了另一個傳奇。

我時常在想，凡人的老闆上輩子大概是拯救了地球，才會擁有一群能幹的員工，以林姊為首的經紀團隊更總是獨具慧眼地找到潛力無窮的素人。

每當公司簽下新的藝人，都會先由林姊負責經營，另一位經紀人則跟隨觀摩，等藝人和另一位經紀人都上手些之後，才會讓該名經紀人全權負責。

林姊幫周起言接下的第一支廣告，是代言一款大家早已耳熟能詳的電玩遊戲。該說是他非常有魅力，還是林姊挑工作的眼光好呢？總之那款電玩因此再次熱賣，連帶周起言的知名度也水漲船高。

順帶一提，我認爲林姊相當明智，她要求周起言把那頭粉紅色頭髮染回原本的黑色，這讓他看起來順眼多了。

在池呈安的畢業典禮到來前，周起言就接下了一部網路短劇，這讓池呈安產生了點危機感。

「沒想到就在我要徹底復出的時候，殺出這樣一個程咬金。」他一副扼腕的樣子，不過我感覺得出來，他只是開玩笑的，並沒有那麼放在心上。

「所以別有失前輩的面子，好好加油，知道嗎？」林姊認爲這是良性競爭，開心得很。

「雖說是前輩，但周起言的年紀可比我們兩個都還大呢。」我翻了翻林姊剛才給我的劇本，有些訝異，「林姊，這是……」

「怎麼了？」池呈安湊過來，他自己的包裡也有劇本，他卻懶得拿而要看我的。

「我們兩個又要合作了。」

「哇！」池呈安眼睛一亮，「想當初是我帶妳，現在變成妳帶我了。」

「你們兩個是互相幫助，對外的形象是有點曖昧、互相拉抬的夥伴。」林姊說，「別眞的談戀愛了。」

我扯扯嘴角，池呈安饒富興味地瞧著我，隨後聳聳肩回到自己的位子。

「林姊好像很怕我們談戀愛？」他說得直接，「上次妳似乎也對我的大學同學施壓呢。」

「你們想獲得什麼，就必須犧牲別的什麼。」林姊透過後照鏡注視我們，「對，我不希望你們談戀愛，這點在最一開始就說過了。」

「是不希望我們跟普通人談戀愛，還是同個圈子的也不行？」池呈安今天問題特別多。

「最好都不要。」

「我們不可能永遠都是聖人。」

「時機到的時候就行。」林姊說得含糊，「藝人們的戀愛往往是見光死，你們在這行待得越久，越能體會這一點。」

「所以說，眞的談戀愛不行，假裝曖昧炒話題倒是可以。」池呈安抽出他自己的劇本，這是一部網路短劇的劇本，片長約三小時，池呈安和我分飾男女主角。

「沒錯，我希望你們營造出螢幕情侶的感覺。」林姊頓了頓，「不能承認在交往，也不能否認。這齣戲便是請吳雨錚老師替你們量身打造的。」

被公司如此看重，令我和池呈安意識到必須更加認眞看待此次的拍攝，於是在林姊的車上，我們安靜地閱讀劇本。不得不說吳雨錚老師確實厲害，劇情簡單卻不失深刻，且裡頭的角色幾乎完全是以我和池呈安爲原型——一個高中女孩踏入演藝圈，受到已經是藝人的男孩幫助。

「這劇本眞的沒問題嗎？不怕粉絲們反感？」池呈安看完後的第一個想法和我一樣，雖說要製造話題，然而也許粉絲們並不樂見我們被湊對。

「關於這點，我已經問過一位粉絲了，他說你們是熱門ＣＰ。」林姊難得露出惡作劇得逞的笑容，「周起言是有葳的粉絲，他是因爲有葳才加入凡人的。」

「啊？居然有這種事！怎麼沒有我的女粉絲加入呢？」池呈安嚷嚷，而我想起當初遇見周起言的情形。

「這樣好嗎？」

「沒什麼不好，他天生就是要吃這行飯的，也懂得保持距離。」林姊把車停在我家門口，「當他是粉絲的時候，樓有葳是近乎女神的存在，不過當他成爲周起言後，就會明白藝人只是販賣夢想給凡人的職業罷了。」

「哇，凡人是雙關嗎？」池呈安瞇眼一笑，轉而問我，「既然周起言曾經是粉絲，難道沒有纏著妳？」

「除了上次在茶水間講過話以外，我們沒什麼說話的機會。」即便在公司遇見，也都是匆匆錯身，周起言總是興奮地與我打招呼，而身爲同事，我也會向他點頭微笑。

「很快就會有合作機會的。」林姊說，對此我並不意外，「有葳，明天我會來接妳一起去呈安的畢業典禮。」

「嗯。」我開了車門下去，對他們揮手道別，但池呈安也下了車要送我上樓。

「所以周起言眞的是妳的粉絲呀。」

「你還沒跟他打過照面？」我按了電梯。

他聳聳肩，「沒有，畢竟大家都很忙。可是林姊剛才說的話妳也聽到了，她肯定會找機會把我們三個湊在一起，引發什麼話題，例如三角關係之類的。」

「感覺確實是林姊會做的事。」我打了個哆嗦，要是一個沒弄好，我就會變成腳踏兩條船的女人了。

「放心，林姊有分寸的。」池呈安與我一起走進電梯，自然地按下六樓的樓層鈕，然後說起某位當紅藝人剛出道時也是簽給凡人，經由林姊的栽培後達到了如今成就。

「我記得她和當年傳緋聞的男藝人修成正果了耶。」我驚呼。

「是呀，林姊大概始料未及，又或者其實這也在她的意料之中？」電梯門打開，池呈安揚起笑容，「快回去吧，期待明天見面，也期待往後我們兩個能站在怎樣的位置。」

我扯扯嘴角，「你不考慮升學？」

「當然不，妳想？」池呈安有點訝異。

「也沒有，我只是好奇。你當初說想要享受學生生活，所以我才好奇會不會念了四年大學後，你就想要過回平凡人的生活，再去讀個研究所，然後成爲白領階級。」

池呈安走出電梯，摸著下巴認眞思索我的問題。

「畢竟你不是在大學交到了很好的朋友嗎？要是全心投入演藝圈，往後不就很難跟他們聚會了？」池呈安常和幾個朋友出遊，他給我看過照片，其中有男有女。

「他們有些人要去留學，有些人搞失蹤，而且我相信無論如何，想聯絡的話自然可以維持聯繫，不會因爲外在因素而失去交集。相反的，沒有心的話，就算住在隔壁也會失聯。」他意有所指，「所以說呀，我不太相信妳男友那套失去聯絡的說法，假如他眞的有心找那個女生，一定是找得到的，妳都能意外遇見了，更何況刻意去找？」

「我不想去思考這件事，或許他很認眞找過了，卻還是找不到，可是我不想知道他費心尋找著另一個女人。同時，我又想認爲，其實他們彼此都拚命尋找過了，卻依舊找不到對方，因爲他們之間沒有緣分。」我苦笑一下，「很矛盾對吧？」

「是呢，人就是這麼矛盾。」他聳聳肩，「但有蕨，我想問，妳和男友多久沒見了？」

「這很重要嗎？」

「支撐著你們的感情的，到底是什麼？我只是很好奇，有時我們明明都曉得彼此的感情消散了，卻還緊抓著不放手的原因是什麼。」池呈安一笑，按下了一樓的樓層鈕，「明天要打扮得漂亮一點喔。」

「你有時候很討人厭呢。」

「我知道，我是故意的。」池呈安笑得更開心了，電梯門隨即關上。

我拿出鑰匙打開大門，屋內空無一人，爸媽他們去了親戚家。我思考著池呈安的話，想打個電話跟誰聊聊，這才發現自己沒有可以聊天的對象。

我在大學沒有要好的朋友，因爲我的身分，不只我自己會和同學們保持距離，同學們也不太會主動與我親近，而高立丞人在國外，我和他很久沒聯絡了，不知道能聊些什麼。

至於余潔，自從幾年前因爲ＭＶ的吻戲發生爭執後，我與她之間就有了無法暢所欲言的隔閡。

其實我還有熊妍這個朋友，可是她和家人出國玩了。我還是在點開她的訊息、看到她分享的異國風景照後，才想起這件事。

我找出一張之前熊妍傳給我的照片，那是她在洛大香妝系的粉絲頁發現的大合照，小品就在其中。在總共有六十幾人的畫面裡，我花了一會工夫才找到小品，她笑得燦爛。

我不禁心想，殷硯他們惦記著她，而她是否還記得殷硯他們？

我點開和殷硯的聊天視窗，只見我們兩個上一次傳訊息居然是一個禮拜前。

如果現在，我把這張照片傳給他，他在這一大群人之中，是否能迅速看見小品？

他會問我怎麼找到小品的嗎？會問我什麼時候遇到的嗎？

他會繼續和我在一起嗎？

這時我想起池呈安的話。我何必裝作好人呢？

於是，我把小品的照片刪除了。

當作自己從來沒遇見過小品，也不曉得她叫姬品珈，不曉得她就在洛大。

並告訴自己，其實殷硯早已尋找過小品好幾次，只是一直都找不到，也希望他永遠不要找到。

最後，我沒打電話給任何人，只是靜靜泡了個澡，睡前告訴爸媽我已經在家要入睡了。

池呈安傳來訊息，他要我早點睡，明天才能美美地出現。

而我回覆他：「不會讓你丟臉的，我的官方緋聞對象。」

他似乎對這個稱呼很滿意，特地傳了張他將我的顯示名稱改成「官配」的截圖給我。

互道晚安後，我沉沉睡去。

那一夜的夢中，沒有學生時期的朋友，沒有殷硯，也沒有出道前那段無憂無慮的高中時光。

只有一座閃閃發亮的舞臺，我站在上面，臺下是無數手持螢光棒的觀眾，他們高聲呼喊我的名字，我賣力跳舞唱歌，一旁的大型螢幕上展示出我的身影。而後，天空出現星光，臺下的人們也拿起手機開啟手電筒功能，眼前頓時成了一片星海。

某個人上臺獻花給我，群眾紛紛尖叫，我既訝異又感動，伸手接過大把花束。

我想看清楚對方是誰，然而在如此明亮的舞臺上，他的身影卻是全黑的。

當我張開眼睛時，天色已經亮了，手機的鬧鐘正好響起。切掉鬧鐘，我打了個哈欠，先是拉筋、伸展，接著做了瑜伽，而後打了杯蔬果汁，一邊看電視新聞和瀏覽網路消息。不看還好，一看我差點將蔬果汁噴出來，現在居然就已經有迷妹在等池呈安的畢業典禮開始。

我想起昨晚的夢境，根據夢中的場景和現實情況，那個獻花給我的人絕對不會是殷硯，而是池呈安。

對此，我的內心湧起一點罪惡感。

明明有男朋友，我卻夢到了其他男人，這樣子算是精神出軌嗎？

我的所做所為，是否早已讓我失去了在乎殷硯惦記小品的資格？

不，這不一樣，我是為了工作，我所處的地方是演藝圈，我和池呈安之間並沒有什麼不妥的行為，這些殷硯都很清楚。

梳妝完畢，我選了件藍色的連身洋裝，隨後打了電話給林姊，她說她快到了，要我先下樓。於是我拿起包包，穿上白色布鞋後鎖好家門，卻收到殷硯的訊息。

「我已經到妳家樓下了。」

我大吃一驚，連忙撥電話過去。

「早安，妳準備好了嗎？」

「殷硯？你怎麼來了？」我太驚慌了，我怕林姊撞見他，我怕自己偷偷談戀愛的事被經紀公司得知，所以我的問話十分無禮，像是不歡迎他似的。

其實我並沒有那個意思，可是這瞬間，我眞的很害怕被林姊發現，壓根沒懷疑自己是不是忘了和殷硯有約。

正常來說，我應該要為男友的到來而欣喜，不該是這種反應。

只是在那個當下，我心中唯一浮現的念頭就是，林姊要來了。

殷硯的失落透過他的語氣表現出來，他頓了一下，「妳忘了我們今天有約？」

「我們今天有約？」我在腦中飛快搜尋，我昨晚才看過他之前的訊息，我們上次聯繫是一個禮拜前，我們當時有約嗎？我不記得，我甚至沒往前去看我們先前聊過什麼。

「我們的交往紀念日。」

「但是……那不是四月的事嗎？」我們是在高二的公民訓練活動時交往的，那時並不是六月。

「對，不過那天妳說有事，而下一個休假的日子就是今天，我上禮拜還和妳確認過的。」殷硯顯然有些急了，同時我也急了，明明身在六樓的我不可能聽見樓下的動靜，我就是覺得聽見了林姊的車子駛來的聲音。

「其實我今天也有工作，對不起，我忘記了，我們下次再約好嗎？」我按著電梯按鈕，心急如焚地等待電梯緩慢地從一樓往上升，「殷硯，等等林姊要來接我，別讓她看到你，好嗎？」

電話那頭的殷硯沒出聲，而電梯終於抵達六樓，「殷硯？你聽到了嗎？我要進電梯了，我怕沒有收訊。」

「妳是不是忘了？」他問，聽起來失望至極。

「我沒有忘記，我只是……臨時有工作，我來不及跟你說。」

「那也沒辦法，工作爲重。」殷硯的嗓音變得模糊，『妳下次有空再跟我講吧，即便是當天。」

當電梯門打開時，出現在我面前的是林姊，不是殷硯。

「妳今天的打扮很好，平易近人又不失高雅。記得到了那邊要以呈安爲主，別太搶他的風采，不過也要顧及粉絲，懂嗎？」林姊囑咐，但我沒辦法專心聽。

我一直在找機會傳訊息給殷硯，想向他道歉，可是卻不知該如何開口。

因為我確實忘了，忘得一乾二淨。

我查看了訊息，這才發現是我自己跟殷硯改期的，然而我完全沒放在心上，甚至當我將池呈安畢業的日子記錄在手機行事曆時，還絲毫沒意識到這天和與殷硯相約的日子重疊。

那時回完殷硯訊息，我就去上了表演課，結束後便忘了，根本沒記下來。

我很想推託是由於太過忙碌、勞累，才會忘了這件事。

但我很明白，事實上是我沒放在心上，所以才會忘記。

我不禁握緊雙拳，感覺有什麼東西正從我的心中消逝。殷硯的笑容、曾經與他站在一起的我，那些畫面彷彿都像上輩子的事情一樣遙遠。

我的內心無比痛苦，卻分不清是為了什麼痛苦。

「支撐著你們的感情的，到底是什麼？我只是很好奇，有時我們明明都曉得彼此的感情消散了，卻還緊抓著不放手的原因是什麼。」

✦

「呀！池呈安！看這邊！」

「請跟我合照！」

「拜託收下這個！」

「池呈安！池呈安！」

我和林姊刻意選擇在畢業典禮結束後才到場，以免瓜分大家對池呈安的關注。周遭有媒體在拍攝與採訪，池呈安的身邊也有凡人的幾位工作人員陪同。

迷妹們瘋狂尖叫，另外有幾個顯然是池呈安好友的男女帶著饒富興味的笑容，站在一旁。

「我們差不多可以過去了，這束花妳拿著。」林姊從後座拿起一束花給我，接著將車子熄火下了車，我也離開副駕駛座。

大家的目光都在池呈安身上，加上校園裡還有許多拿著花束的學生，所以一開始並沒有人注意到我。直到我和林姊越走越近，池呈安也瞧見了我們，對我露出一個陽光的溫暖微笑，頓時，我的心臟緊縮了一下。

他那樣的笑容究竟是作戲，還是真誠的？

我不是沒見過他笑，可是這個時候，我居然分不清楚那笑容的真偽。

「是樓有葳！」不知道是誰先喊了我的名字，頓時周遭群眾更加瘋狂，所有人拿著相機、手機對我們猛拍，記者們也自動讓出一條路。

即便在白天，池呈安身上也宛如有聚光燈一樣，在萬眾矚目之下，我朝他走去，他對我笑得溫柔，彷彿我是多麼重要的人。這瞬間，我在他的眼中看見了自己，那個身影卻是陌生的。

不是身爲明星的樓有葳，而是最原本的樓有葳。

「妳來了。」他說，一字一字咬得清晰，穿過人聲鼎沸傳入我的耳中。

我應該也回他了一個微笑，卻說不出半句話，只是將花束交到他手裡。池呈安接過，歪了歪頭，依舊面帶笑意，等待著我開口。

畢業快樂。

恭喜你畢業了。

很高興你接下來能專心在演藝事業上了。

——事實上，我什麼話都說不出來，眼中只有池呈安，與他嘴角的美麗弧度。

「請問妳今天是特地過來祝賀池呈安畢業的嗎？」

「你們的感情似乎很好？」

「是同門師兄妹的情誼，還是有其他因素呢？」

記者們忽然靠過來，拿著手機與麥克風湊近我們，我立刻回過神，戴起屬於藝人的面具，微笑著再次看向池呈安，他注意到了我方才的閃神，輕輕對我挑了下眉毛。

「當然是特地來祝福我的同門師兄畢業快樂，接下來他總算能將所有心力都放在演藝事業了。」我說。

「是呀，明年有葳畢業時，我同樣會再去祝福她的。」池呈安笑著附和。

「樓有葳高中畢業時，你也有去，如今她也來了，請問這是經紀公司的安排，還是你們兩個有私交呢？」記者們不死心地追問。

「我們當然有私交，畢竟年紀差不多，出道時間也差不多。」池呈安大方回應，「我不想說我們是兄妹般的關係，也不想只用好朋友三個字來形容。」

「這個意思是……」記者們亮了眼睛，我只是轉轉眼珠子，把發話權交給池呈安。

「想知曉我們的關係，就請鎖定我們近期將發布的消息吧。」池呈安輕描淡寫地暗示我們即將合作，丟下一個懸念給記者和在場群眾，眞不愧是天生的藝人，或者該說他實在很懂得說話。

我在林姊的帶領下先行離去，讓記者們繼續圍繞著池呈安。

離開前，我又回頭看了池呈安一眼，即便在一群人之中，他依舊閃閃發亮的，好似有聚光燈永遠打在他身上。

同時，我注意到周圍的女孩們注視著池呈安的模樣，有些是看著偶像的憧憬神情，也有些是喜歡著一個男孩的眼神。

眞心喜歡上偶像明星的女孩子們，某方面來說是傻得可憐的。

池呈安和我不同，我和學校的同學沒什麼交集，但池呈安有要好的朋友，在那群朋友裡面，或許也有眞心喜歡他的人。

池呈安擅於觀察人，所以他不可能沒意識到，而他又會怎麼處理呢？是留有曖昧的餘地，還是會裝作不知情？又或者是認眞地拒絕？

沒來由的，我的心中堵著一股悶氣，我再次望向池呈安所在的地方，但除了一群群穿著學士服的畢業生，已經看不見他的身影。

「怎麼了嗎？」林姊問。

「沒什麼。對了，林姊，我和呈安演的那部戲預定何時播出？」

「沒意外的話，年底前就能在網路上收看了。」林姊神祕地一笑，「你們都還沒仔細讀過劇本吧？」

「大略翻過而已，這禮拜不是要先討論我寫的那首歌詞是否可行嗎？戲也要月底才會開拍，所以我打算再修改一下歌詞。」

「嗯，歌詞再調整一下吧，我會去找作曲人看看如何搭配。妳希望走什麼樣的曲風？」

「歌詞雖然偏向抒情，不過我希望能有個反差，做成快歌或是舞曲之類的。」

「嗯，這樣似乎不錯，到時候再討論。」林姊頓了頓，又說，「有空快把劇本看一看吧。」

林姊反常地催了兩次，於是我決定回家後就讀劇本。

✦

「等等，妳說的劇本，該不會是《我等妳》那部網劇？」點點倒抽一口氣，立刻拿起手機搜尋這部戲的資訊。

「很明顯呀，池呈安徹底回歸演藝圈那年所拍攝的網劇，再次造成了轟動，《我等妳》很受好評，還有人拿當年便利商店的廣告對比，說兩個人都成長了不少。」滴滴一臉驕傲，顯然很得意自己不需要搜尋資料，也能描述當時的情況。

「我的天啊，我超喜歡這部戲的，之前還在節目上提過好幾次。」點點興奮地說。

「如果我沒記錯，那年節目上原本都在討論某次call-in的告白傳奇，但後來話題就因為這部網劇而改變了。」滴滴說起所謂的告白傳奇，原來是有個男生call-in進來告白，卻沒有讓大家知曉後續，導致兩位主持人和聽眾們都為此惦記著。

看樣子，今天這個節目會再誕生一則傳奇吧。

「別再講告白的事了，我至今還不知道結果，太痛苦了！」點點抗議，還拍了下胸口。

「假如他們最後在一起了，直到現在也還在一起的話，那麼也差不多是適婚年齡了呢。」滴滴計算著，而我的思緒飄到了拍攝《我等妳》的時候。

拍攝的時間在依舊炎熱的九月初，那時我已經把劇本看得滾瓜爛熟，想必池呈安也是。

雖然我和殷硯約好下一次等我有空再見，可是一直到了九月，我們都還沒見過面。我不是忘記了，而是真的沒有時間，即使有空檔，我也累得一沾枕便入眠。

我傳過訊息給他，也開過視訊向他道歉，但殷硯總是笑著說：「沒關係，妳有空再跟我說就好，我都配合妳。」

「謝謝你，殷硯，你對我眞好。」我也總是如此回應，接受他一再退讓的溫柔。

一如既往，我不會告訴殷硯我的工作內容，不會告訴他接下來我準備演怎樣的戲劇，或發布怎樣的作品。

他永遠只能透過電視節目或新聞得知我在忙些什麼。

當看見池呈安穿著合身的薄亞麻上衣與牛仔褲，黑髮在陽光的照射下閃爍光芒，舉手投足都如此令人屏息時，我也不會將這份感受告訴殷硯。

因爲我正在工作，這些被我定義爲錯覺的情緒，是工作上所需要的。

第七章

我走進巷弄內那家曾經十分熟悉的咖啡廳，店內和過去一樣沒有太多客人，我拿下口罩和帽子，瞧見殷硯坐在比較裡頭的座位。

「雖然想說好久不見，不過我很常在電視上看見妳。」店長對我一笑，他在櫃檯後切著水果，準備裝飾在爲聖誕節推出的水果蛋糕上。

「會不會太早就在放聖誕歌曲啦？」我朝喇叭的方向示意，店長頓時笑開了。

「不早了，都已經十二月了。」他指了指還沒發現我到來的殷硯，「今天只有你們兩個？」

「余潔沒空，另一個人還在國外。」我聳肩。

「那妳還記得以前說好要宣傳我的店這件事嗎？」

「店長，你記性眞好，但我喜歡這邊沒什麼人的感覺，如果變得有名，我可就沒地方去了。」我笑著回應，店長裝出哭泣的表情，抱怨我狠心。

聽見我和店長的對話，殷硯的視線從手裡的書本抬起，一瞧見我，他露出笑容。

我揚起嘴角，來到他對面的沙發坐下。

「你在看什麼？」我問。

殷硯翻了下封面給我看，聳聳肩，「隨便看看。」他將書本闔上，放到一旁，「最近過得怎樣？」

「嗯，很好呀，工作很忙也很充實。」我向店長點了咖啡，然後發現殷硯的桌上也放了杯咖啡。

我們兩個有些詫異地彼此對視。什麼時候，我們都開始喝咖啡了？

「唉唷，你們挺有默契呢，居然都點了以前從來沒點過的咖啡，長大了啊！我好感動。」店長沒注意到我們的異樣，只是很高興我們終於能理解咖啡的好。

「你什麼時候開始喝咖啡了？」我問，語氣帶點落寞。

「念書有時需要熬夜，不知不覺就開始喝了。」殷硯溫柔地笑了，卻和當年的溫柔略顯不同，「余潔也是。」

「該不會你們還一起喝酒過、旅遊過、夜唱過了吧？」我打趣地問，而殷硯沒有否認，令我覺得相當寂寞。

可是，我不也一樣嗎？

我們都在對方沒看見的時候有了改變，那些改變對我們彼此來說是陌生的，然而對我們周遭的人來說卻並不陌生。

也許，我的確失去了大學生該有的快樂時光，不過因此產生的寂寞跟惋惜都是一時的，我不會後悔把時間花費在投資我的未來。

「妳最近作品變得很多，評價也很好，一定非常辛苦吧。」殷硯想伸手碰觸我，隨即猶豫了下，但最後他還是把手蓋在了我的手背上。即便我們不再那麼熟悉，他的關心仍是眞實的。

「謝謝你，眞的謝謝你。」我忍住想掉淚的衝動，一絲罪惡感湧上，我注視著他的臉，將另一隻手覆在他的手背上。

「有葳，妳怎麼了嗎？」見我眼眶含淚，他有點慌張地抽了幾張衛生紙要給我，手並沒有放開。

我婉拒他的好意，吸吸鼻子眨掉淚水，「沒什麼，就只是……壓力有點大，然後覺得我們之間好像生疏了些。」

他垂下目光，我感覺到他的手僵了僵，我施力握緊。

「我們，不會改變的對吧？」

對於我的問題，殷硯似乎感到驚訝，他微微睜圓眼睛，這個瞬間，我察覺他打算把手抽回，於是我更加用力地握住他。

「雖然如今我們很難見到一面，對於彼此的很多事都不太了解了，可是我們的感情還是不會改變的，對吧？」

這一刻，時光彷彿重回畢業那天，十八歲的我們握著對方的手，我要殷硯發誓對我的感情永遠不會改變，而殷硯笑著答應了。

這份我以爲不會褪色的回憶，不知不覺中卻已經模糊不清，就連殷硯當時的笑容都像是出現了雜訊。

「嗯，不會改變。」不過，二十一歲的他，依舊說出了同樣的話。

面對他如此體貼又溫柔的表現，我深感窩心，同時又有些於心不忍。是我把他逼到這樣的地步，我們的感情是不是維持得很勉強？

短短三年，我們已經走到彼此觸碰不到的地方。

這之間的空白，無論多努力想填補都十分困難。

小品的事情，我始終沒告訴殷硯。

對此，我漸漸連罪惡感或是愧疚感都沒有了，姬品珈就讀洛大，離殷硯所在的南大並不算遠，但在這小小的臺北，他們從來沒巧遇過，那就表示他們之間沒有緣分。

池呈安曾經告訴我，態度要果決。所以我聽從自己的心，並將不必要的罪惡感拋棄。

身爲殷硯的女朋友，我沒必要讓他得知念念不忘的女人就在同一座城市，我爲什麼要裝好人？況且還是在我和殷硯的感情岌岌可危的時候、在我發覺自己和殷硯漸行漸遠的時候。

兩年後的現在，還有必要再說出姬品珈的下落嗎？

沒有。

就算有，我也不會說。

「我喜歡你，殷硯。」我說，卻言不由衷。

「嗯。」他微笑著，卻稱不上是幸福。

然而，我們手掌交疊的溫度，才是貨眞價實的存在。

等我再變得更知名一些，或是等殷硯出了社會，我們之間的差距就能消弭了，對吧？

「是嗎？樓有葳。」

周起言的聲音卻出現在我的腦海。

「哪些是眞的，哪些是假的，妳眞的分得清楚？」

我猛然一顫，殷硯注意到我的不對勁，皺了眉頭，「發生什麼事了嗎？」

「沒什麼。」我答得飛快，揚起一抹不自然的笑。聽見店長端著蛋糕走過來的腳步聲，我趕緊抽離自己的手。

殷硯微微一愣，但也不意外我會縮手，他朝店長露出得體的笑容，「謝謝你。」

「就當作是給老客人的一點福利，順便幫我試吃看看吧。」店長送上的是剛剛裝飾好的聖誕蛋糕，他切成了兩小塊，上頭有奶油及草莓點綴，蛋糕體是傳統的海綿蛋糕。

「中間夾了布丁餡呀。」正好這種海綿蛋糕是我少數還算喜歡的甜點，我興高采烈地享用了起來，驚喜地發現蛋糕入口即化，「我早就說，如果你改成甜點店，不要主打咖啡的話，一定會有更多人慕名而來。」

「不，我堅持賣咖啡，多賣甜點已經違背初衷了。」店長嘟嘴裝可愛，「不過偶爾還是該向現實妥協。這蛋糕味道ＯＫ吧？」

「我覺得沒問題呀，很好吃。」我吃得津津有味，殷硯也贊同。

「對了，樓有葳，我可以和妳合照一張嗎？我姪女非常喜歡妳。」店長提出這個要求。

「好呀，不過別告訴她我有時會出現在這，可以嗎？」我問。

「沒問題，我會說妳是偶然過來。感謝妳！」他興奮地和我合拍了一張拍立得，我替他簽了名，順便詢問他的姪女是怎麼開始喜歡我的。

「她最近看了妳和池呈安演的《我等妳》後，忽然變成妳的瘋狂迷妹。」沒想到，店長說出了那部已經上線一陣子的網劇。我笑容一僵，下意識覷了眼殷硯，他的表情與上一秒沒有不同，依舊溫和地微笑看著我們，吃著蛋糕。

「你也看過了嗎？」店長問他，我頓時更加緊張。這是哪壺不開提哪壺？

「看過了，在我們系上也引起不少討論。」殷硯對上我的目光，若此刻不是他的演技媲美奧斯卡影帝的話，就是他眞的不放在心上了，「有葳，妳眞是越來越厲害了。」

我扯了下嘴角，雖然不希望他吃醋，但我也不希望他如此豁達。

「話說回來，妳和那個池呈安該不會眞的有……」店長八卦地問，我乾笑一聲，連忙坐回位子上。

「店長，你別問她了，我們是她的朋友也從沒過問她的隱私，畢竟她是藝人。」殷硯幫我解圍，店長隨即聳聳肩。

「也對，眞是不好意思。」這時咖啡廳的大門被打開，店長瞥了一眼，「那你們慢聊，我先去忙了。」

店長回到櫃檯後方，而我戴上鴨舌帽，確定沒人發現我後，才對殷硯說：「剛才謝謝你。」

「不會。」殷硯把手邊的書收回他的包裡，「等等客人會更多，還是我們先離開？」

「離開的話，能去哪裡？」我皺眉，「現在到哪裡都容易被認出來……」

「不然，我先走好了？」殷硯的提議讓我瞪大眼睛。

「爲什麼？」

「因爲人變多的話，要是妳被看見和男生單獨在一起，妳要怎麼解釋呢？」他說得認眞，我卻感受到了隔閡。

「這……」可恨的是，我找不出反駁的話。

「妳今天也是難得休假吧？還是快點回家休息比較好。」說著，他從包裡拿出一張明信片，「這是高立丞寄來的，他怕不方便寄到妳家，所以要我轉交給妳。」

我接過明信片，覺得彷彿有千斤重，「殷硯，對不起。」

「這沒什麼好道歉的，妳工作忙，卻是努力朝著夢想前進，這是一件很棒的事啊。」殷硯說，我不敢抬頭看他，「那我先走了。」

他收拾好東西，拿起背包離開，我凝視著他的背影，而他並未回頭。

明信片的圖案是紐約時代廣場，高立丞龍飛鳳舞的中文字裡夾雜著幾個英文單字，大意是說他過得很好，在那邊開了眼界也很快樂，不過他還是會回來臺灣。

看著看著，我不禁熱淚盈眶。這家咖啡廳裡曾經坐著我們四人，即便我的位置本來該是小品的，這個位置也屬於我好幾年。

如今，這裡只剩下我。

對不起，殷硯，但我不是爲你必須先行離去而道歉。

✦

池呈安穿著合身的薄亞麻上衣與牛仔褲，黑髮被梳理得像文質彬彬的紳士那樣，在陽光的照射下閃爍光芒，舉手投足間都如此令人屏息。

我忍不住笑了出來。

「笑什麼？」

「你看起來老了十歲。」我調侃。

「老了十歲也才三十二歲，還很年輕好嗎。」他不假思索。

當初《我等妳》的第一場戲，便決定先拍攝結尾。

結局是男主角站上世界舞臺，等待著在後頭追趕他的女主角——他們年輕時有過一個美好的約定，男主角要成爲世界知名的演員，女主角則要成爲臺灣最具代表性的歌手，當再次相遇時，兩人必須都站上頂點，他們才能在一起。

先完成夢想，再執子之手。

爲了這場戲，我和池呈安需要以較爲成熟的裝扮登場，池呈安的模樣變得十分穩重，跟他原本的形象實在搭不起來。

只是，當鏡頭一開，池呈安便馬上展現出成熟男人的姿態，與我在湖岸邊相擁，深情地說出臺詞：「妳等我揚名四海，我等妳願意嫁給我。」

我掉下眼淚，點了頭，讓他在我的無名指戴上鑽戒。

「卡！很好，一次ＯＫ！」聽見導演高喊，我和池呈安鬆開彼此的身體，然後來到攝影機旁觀看剛才拍攝的畫面。池呈安的演出無懈可擊，我的表現也還不差。

化妝師將我們帶回充當各自休息室的車子上，卸掉成熟的妝容，換上淡妝，並讓我們穿上戲組準備的高中制服。我確認了下一場戲的內容，是我和池呈安初次見面的場景。

沒問題，今天拍攝的場景都算容易，應該會很順利。

可是當我下車的時候，卻看見了意料之外的人——周起言一身白衣站在導演身邊。林姊瞧見我，招了手要我過去，滿臉疑惑的池呈安也已經在那裡了。

「起言的戲份原本是後天開拍，但因爲行程上出了差錯，所以臨時改成今天拍攝有他在的鏡頭。」林姊似乎和導演商量完畢了，導演沒什麼意見，畢竟周起言出現的場景也就只在這座湖邊，沒有太大影響。

我點點頭，雖然我沒和周起言合作過。

明明是同公司，這些日子以來我們卻不曾好好說過話。

沒錯，周起言也客串了這齣戲，他飾演女主角在湖邊認識的孱弱少年，提醒女主角該積極追求夢想，勇於放手才能得到自己最想要的。

「那下一場戲也會有變動嗎？」池呈安拿著劇本和導演討論，林姊則要我跟周起言快點就定位。

「樓有葳，能有機會和妳合作，對我來說是莫大的榮耀。」周起言的雙眼炯炯有神，顯得十分興奮。

大概是因爲他曾是我的粉絲，我有點不知道該怎麼應付他。

「別這麼說，我才要請你多多指教。」我客氣地回應，來到長椅邊坐下。

「〈何故〉那支ＭＶ裡有類似的場景，對吧。」

我扯了下嘴角，他還眞是忠實粉絲。

「當時妳和池呈安有吻戲，而這一次我看過劇本，你們又有吻戲了。」周起言「嘿咻」一聲，坐到我旁邊，「希望有天我們也能有這種對手戲。」

「你這樣說是性騷擾。」我板起臉。

「怎麼會？這不是工作嗎？」他瞇眼微笑，「我只是覺得，如果能和我曾經的偶像有如此近距離的接觸，那可是無比光榮。」

他說得認眞，卻令人不太舒服，這般張狂的態度，我雖然不至於討厭，卻也沒辦法喜歡。

「周起言，你話太多了。」我皺眉，看著池呈安手持劇本坐到鏡頭外的一張椅子上。

收音師拿著大型麥克風在旁邊等候，燈光組也將打光板架好了，一名工作人員帶著導演板來到我們面前。

「該專業的時候，我可是很專業的喔。」周起言微笑，在導演板開闔的瞬間，他換上溫柔而飄渺的笑容，靜靜地、悠悠地注視著我，「妳在煩惱什麼嗎？」

連語調都改變了，緩慢、柔和，帶著些微傷感。他很厲害，我看過周起言的演出作品，卻仍沒有料到他的演技這麼好。

「有時候，你不覺得人生很困難嗎？花了許多時間找尋到自己想要的，卻發現自己要不起，或者是得放棄些什麼，才能獲得自己想要的。」我咬著下唇，絞著自己的手指，看向眼前的湖面。

「嗯……人生本來就不容易呀，但也正是因為這樣才有趣，不是嗎？」周起言抬頭一笑，隨即被刺眼的陽光扎得瞇起眼睛，他迅速低下頭，卻因此壓迫到氣管，咳了好幾聲。

「你還好嗎？」我擔憂地瞧著他，猶豫了下還是伸出手，拍拍他的背。

「我想妳大概看得出來，我身體不好。」他扯了扯自己的白色衣服，「不過，我穿著病服，要看不出來也難吧。」說完，他自嘲一笑。

我跟著微笑，「我覺得你很勇敢。」

「妳也很勇敢啊，身體不健康的人得努力對抗病魔，而身體健康的人要努力對抗人生中的各種困難和壓力。就像妳剛才說的，必須放棄些什麼才能得到自己想要的，對我來說，或許就是要放棄健康，才能得到自己希望得到的東西吧。」周起言揚起虛弱的笑，我流露出困惑，他繼續說，「我想要家人的關心，在我生病前，總是沒有人在家，但現在我在醫院，隨時都能看見他們。」

「我……」

「我知道，妳是電視上的明星，樓有葳對吧？」他起身，我跟著站起來，「妳想獲得的東西，想必就如懸崖邊的花朵一樣，雖然那朵花妳一定摘得到，可是最重要的是，摘下來以後呢？」

「摘下來以後？」

「有人陪妳一起欣賞那朵花嗎？」周起言深邃的雙眼凝視著我，彷彿看進了我的內心。

「卡！很好！」

要是導演再晚個一秒喊卡，我戴著的演員面具就要出現破綻了。不得不說吳雨錚老師的劇本寫實得可怕，周起言的演技也相當逼真。

「吳雨錚老師很壞心呢，居然直接用我們的名字當角色名，要是我以後真的生病了怎麼辦？」下戲後，周起言又恢復吊兒郎當的模樣，「我表現得怎樣？」

「很好。」我簡短地說，就要去攝影機旁看方才的鏡頭，但周起言靠向我，在我身旁低語，「我很好奇，妳剛剛有想起誰嗎？」

「什麼？」

「最後妳好像稍微出戲了，應該不是我的錯覺吧？」他聳聳肩。

「你多心了。」他的敏銳程度和池呈安有得比，不過我選擇敷衍。

「好吧，就當我看錯了。」他難得識相地不再追問。

之後又補拍了幾個鏡頭，分別是與周起言的初次相遇，以及最後周起言的離去，讓女主角下定決心暫時和男主角分離一段時間，等彼此都站上頂點後再相見。

「周起言殺青了！」工作人員們歡呼，並用力拍手，周起言笑著向大家道謝。

「再來換池呈安的鏡頭，有葳，妳休息一下。」製片組在一旁喊，林姊帶來的助理立刻拿水過來給我，林姊自己則留在現場確認池呈安的狀況，而周起言往某臺車走去，準備換下戲服。

在車上稍作休息並補妝時，助理上來告知我等等要拍攝的場景，我翻了劇本，不由得一驚。

是和池呈安的吻戲，三小時的劇情中，只有這一場吻戲。

然而方才周起言的那番話，讓我覺得自己的心情似乎有點浮動。可是我無法要求導演先拍別的鏡頭，身爲專業演員不該有這種表現。

沒問題的，我以前也和池呈安拍過吻戲不是嗎？沒什麼好在意的。

即便稍早和周起言對戲的時候，當他說出「有人陪妳一起欣賞那朵花嗎」這句臺詞，第一個浮現在我內心的人並不是殷硯，我也不該被影響工作情緒。

我下了車，原以爲周起言已經離開，卻發現他換好了衣服，正坐在另一邊的大洋傘下觀看池呈安的演出。池呈安的拍攝還沒結束，所以我也走到周起言所待的洋傘下。

「你再來沒有行程了？」我問。

一見到我，周起言立刻站起身，並露出誇張的表情，「接下來是你們的吻戲耶，務必讓我觀摩。」

「觀摩什麼？」我不悅地問。

「就是看看吻戲是怎麼拍的。」他瞇起眼睛，「我聽說你們第一次拍吻戲時，好像NG了好幾次？」

「這種事你也知道？那是早期我還不夠熟練，現在不會了。」

「我很好奇。」他又來了，「即便明白那是工作，可是眞的有辦法區分戲裡和現實嗎？」

「當然，進入角色和跳脫角色必須切換自如，這是當演員的基本條件吧。」我對他的問題感到可笑。

「總會有些畫面、有些表情、有些臺詞觸動到妳的心吧？」周起言的話讓我一怔，不過我沒有表現出來，「有時候我在演戲時，也會不小心被戲裡的情境影響，這並不是我不專業呀，正是因爲我投入了角色，才更容易被影響不是嗎？」

「你說的沒錯，眞訝異你會這麼細膩。」

「雖然妳說我細膩，如果我接下來的想法猜錯了的話，也請妳見諒。我總覺得妳好像不太喜歡我，這是爲什麼呢？」

我看著他，聳聳肩，「我沒有討厭你。」

「也稱不上喜歡我是吧？啊啊，眞可惜，我原本還想跟曾經的偶像當好朋友呢。」

就是這樣的說話方式令人不耐煩。

「其實我朋友說過，我講話不討喜。」他顯得若有所思，「這一點有點吃虧，每次我和導演或是廠商講話講到一半，林姊都會忽然捏我的手臂，要我閉嘴耶。」他拉起他的袖子，只見手臂瘀青了一片，看樣子林姊完全沒手下留情。

目睹這一幕，我不禁噗哧一笑。

「居然笑了，妳是看到別人的不幸會覺得快樂的類型嗎？」周起言一臉困惑。

原來他就只是個不懂得察言觀色的笨蛋罷了，我又何必跟笨蛋計較？

「所以會嗎？就像剛才，妳的確被影響了對吧？」他又跳回最初的話題。

「或許吧，如你所說，正是因爲太過投入角色，才會產生一些錯覺。」我瞧見林姊在前方招手，要我過去，「但我還是分得清楚演戲和現實，一旦下了戲便能抽離。」

「是嗎？樓有葳。」周起言輕聲說，「哪些是眞的，哪些是假的，妳眞的分得清楚？」

我來不及回應，他已經坐回椅子上，饒富興味地等待我和池呈安的下一場戲。

「樓有葳，妳聽說要先拍吻戲了吧？」化妝師正在整理池呈安的髮型，而他喝著水，見我走來，他從容一笑。

「嗯，因爲周起言的關係，我們的排程被打亂了。」我聳聳肩。

「我看你們剛剛在聊天，我之前也和他短暫聊了一下，怎麼說呢，他這個人呀……」他思考著合適的用詞，直到化妝師離開後，他才輕聲說，「白目。」

我差點大笑出聲，「不過不是壞人。」

「對，只是白目。」他又重複。

隨後，我們各自就定位，導演高喊：「準備好了嗎？來——」

工作人員迅速打板後離開鏡頭，池呈安注視著我的眼神變得柔和。

「我們在此約定，總有一天，我會站在世界的頂點，而妳會站在臺灣的頂點。」他說完這番話，我必須熱淚盈眶並用力點頭，用雙手摀住自己的臉，池呈安則要溫柔地拉開我的手，接著吻我。

可是，他做了劇本上沒有指定的動作，他疼惜般地拉著我的手，輕柔地親吻被淚水沾濕的指尖，令我渾身顫抖。他抬眸，由於距離很近，我看到睫毛的影子落在他的下眼瞼處，根根分明，他緩緩朝我靠來，這瞬間我的內心緊張萬分，下意識往後一躲，背部靠上了樹幹。

我退無可退，頓時萌生了逃跑的念頭，我的目光卻像是被他攫住一樣，無法移開。池呈安一手壓上樹幹，低下頭，輕吻了我的唇。

非常輕，幾乎只是掃過般的吻。

我閉上眼睛，他又吻了我兩次。

「卡——」導演的聲音讓我猛然張開眼睛，池呈安也往後退，他揉著鼻子，看似有點尷尬，但還是朝我伸手。我愣愣地把手放進他的掌心，他往後一拉，將我從樹幹邊拉起。

「謝謝……」我說，不曉得自己該往哪裡看。

爲什麼我會有這麼奇怪的情緒？我咬著唇，認爲自己剛才沒有演好，應該說，是因爲池呈安沒有按劇本走，才會害我反應不過來。

導演正在重看畫面，我和池呈安也準備走過去，導演卻忽然朝我們喊：「這一幕重拍一次。」

雖說重拍是很常發生的事，然而今天幾乎所有鏡頭都是一次完成，所以聽到這句話我十分意外。

「導演，請問哪裡需要改進？」池呈安問。

「是你剛才不該親我的手吧？」我發難。

「不，那個親吻手的動作很好，可以感受到男主角的不捨和眷戀。」導演摸著下巴，「是有葳妳的反應不太好。」

「我？」我指著自己，非常訝異。我的確有點閃神，不過……「請問，我是哪邊的演法需要調整呢？」

「這一幕的情境是，相愛的你們爲了彼此的事業，決定暫時分開，這裡的情緒應該要是戀戀不捨、充滿愛意，卻又堅定決絕。可是有葳妳似乎很錯愕……或者說，妳比較像是剛開始談戀愛的模樣。」

導演的話令我十分羞愧，我居然犯了如此低級的錯誤。我不是不懂得怎麼演，是那瞬間我的確分心了。

「抱歉，請再給我一次機會。」

「沒事沒事，來，大家再一次。五、四、三……」

我深吸一口氣，剛才只是由於池呈安的舉動不在劇本裡，我才會反應不及，現在我已經知道他會怎麼做，所以沒問題了。

我可以的，我可以的——

事實證明，我不行。

無論我如何給自己心理建設，無論池呈安的表現如何跟先前一模一樣，我都會在與他對眼的那一刻，產生想要逃離的衝動。

「我們休息一下好了，等等拍最後一次，如果真的還是不行，就改拍其他場景。」導演看了天色，與燈光組討論這樣的光線是否連戲。

「有葳，妳怎麼了嗎？」林姊過來關心我。

「抱歉，林姊，我稍微休息就好。」

「我必須送起言去上課，妳確定只有小林在這可以？」林姊說的是另一位助理，我點點頭。

周起言在後頭面帶淺笑看我，彷彿依舊在問，我是不是分不清戲裡和戲外。

「沒問題的，我只需要一個人暫時靜靜就好。」我微笑，朝休息車走去。

化妝師幫我補妝完畢後，我不自覺地咬著指甲，問自己到底是怎麼回事。怎麼只要看著池呈安的雙眼，我就無法克制地想閃躲？

是因爲他的表情太過認眞，讓我以爲自己眞的被他愛著？他太投入角色了，而我卻沒投入角色，才會對他毫無保留的愛意感到害怕？

那不就一樣是我不夠專業了？

之前幾年，池呈安甚至沒把心力完全放在演藝圈，當他全心投入事業後，我這麼快就在演技上輸給他了？我既覺得丟臉又不甘心，同時還佩服他。

車門被敲了兩下，我應了聲，車門隨即被打開，池呈安的頭探進來，嚇了我一跳。

「妳還好嗎？」

「很、很好啊，爲什麼這麼問？」我故作鎮定，不懂自己爲何慌張。

「嗯……」他歪頭，上車後將門關起，看起來難得不太自在，「妳NG了這麼多次，是因爲怎麼了嗎？」

「我不知道。」我握拳，「這讓我感覺自己很沒用。」因爲居然輸給了他。

「妳是不是不習慣拍親密戲？」他語出驚人。

「身爲演員，不能有什麼不習慣的！」我立即反駁。

「沒有人什麼都擅長的啊，有些事情還是需要習慣的。」他聳聳肩。

「說得好像你很習慣拍親密戲似的。」我哼了聲。

「別說得我很隨便的樣子呀，不過一、兩次的吻戲還是有的。」他投降似的舉起雙手。

是呀，他演過其他偶像劇，一定比我更有經驗，我是說在親密戲這方面。

不知怎麼的，我有點不高興。

「妳可以把我當成妳男友啊。」

「什麼？你又不是我男朋友。」他在亂講些什麼啊？

「我的意思是……妳在拍親密戲的時候，可以把對方當成是妳男友，想像成妳男友的臉，這樣比較不會緊張吧。」他解釋。

「你和他又不一樣，況且這麼做不是很失禮嗎？」

「對誰？」他挑眉。

「對你和他都是。」我撇過頭。

「那就眞的是妳不習慣了吧。」他向我走了幾步，「就像算數需要練習，唱歌需要練習，演技也是。」

「你想說什麼？」我從鏡子裡看著他的臉，池呈安抓了抓頸後，拉開我旁邊的椅子，猶豫了一會後坐下。

「所以，妳排斥親密戲的話，說不定也需要……練習。」

我瞪大眼睛，「你在說什麼？」

「妳想想，之前拍〈何故〉的MV也是同樣的狀況，而這段時間妳接拍的作品都沒什麼親密鏡頭，也許妳的確無法習慣男人靠近妳，因此往後妳可能要避免接這類工作……可是我們等等一定要成功，不然天色就要暗了，妳也不希望下次又要繼續和我拍吻戲吧？」

他亟欲解釋，「我不是要占妳便宜喔，只是認爲我們可以先練習一下，現在多親一次，總比之後在鏡頭前再親好幾次好吧？」

我認眞思考著池呈安的話，總覺得哪裡不太對勁。

鏡頭前的親吻是工作，在鏡頭外接吻就不是工作了……但是，我們是爲了讓工作順利進行……這麼說對嗎？

「在拍吻戲的時候，你腦中都想著什麼？」我問。

他凝視著我，即便透過鏡子，我也能感受到那份炙熱，「妳是我眞正的女朋友，我很愛妳，所以吻妳，不想離開妳。」

「這……」我趕緊別過頭。

「啊，我知道妳的問題在哪裡了。」我聽見池呈安的笑聲，又將目光轉回鏡子裡的他身上。

「妳是害羞。」他笑開了臉，那模樣令我心跳漏了一拍。

「什麼、什麼害羞！我爲什麼要對你害羞！」

「我好歹是池呈安耶，對我害羞很正常的，就像如果哪天有新人和妳合作，也會因爲妳的注視而害羞的。」

「你的意思是說，我是新人？」我生氣地伸手打他。

「不是啦，我的意思是，妳只是不習慣親密戲或表現出眞摯的情感，那就和我剛才說的一樣，多練習就好，習慣就好，分得清楚戲裡戲外就好。」

池呈安的話讓我一愣，更正確地來說，是讓我心頭一冷。

「你可以分得清楚嗎？」

「什麼？」

「戲裡戲外，例如你表現出的那些……」我停頓了下，覺得自己即將說出的話很可笑。分清楚戲裡戲外，不正是我和周起言談論過的話題？

池呈安這番話並沒有錯，他那看似炙熱的情感都是爲了戲，我卻因爲搞不清楚他的表現是不是爲戲演出而心亂如麻？

這就是我不夠專業的地方，這就是我不夠獨當一面的證明。

「我明白了，不需要練習，我等等一定能成功。」於是，我堅定地表示。

「妳確定？」池呈安聳聳肩，「妳在接吻的時候，把我當成眞正的男朋友就行了。」

「我知道。」我拿起桌面的口紅，塗抹自己的唇，「走吧。」

池呈安盯著鏡子裡的我好一會，才起身打開車門。

雖然只有一瞬間，但是當池呈安開門時，我清楚地瞧見外頭的幾個工作人員目光都帶著好奇，顯然抱著八卦的心態。

「或許你不該單獨進來我的休息車裡。」

「妳是指會傳出緋聞嗎？」他輕聲笑了，「那不就是林姊要的嗎？」

之後的吻戲一次成功，當《我等妳》這部戲上線後，那一吻的畫面引起了廣大討論。

直到現在，這份熱度依舊，我和池呈安也被媒體封爲螢幕情侶。這並不算緋聞，因爲沒多少人當眞。

我捏緊了手中那張來自高立丞的明信片。

殷硯看到這部網劇時，心中是什麼感覺？

但我不是很在乎他的感覺，在他答應與我談戀愛的當下，就該明白會有這一天。

我不需要爲了他早知道的事情道歉。

就如同，他也從來沒有爲把我當作小品的替身道歉一樣。

可是，對不起，殷硯。

我不是爲隱瞞小品的下落而道歉，而是當時在池呈安提議的那個瞬間，我內心眞正的想法是——

好。

在鏡頭外接吻，再怎麼說是工作，都不是工作。

只是那個當下，我竟然想在心中說服自己，那是工作。

可是我想我們都清楚，那不是。

「有葳的第一張單曲〈何故〉大受歡迎後，我原本以爲第二張單曲很快就會推出，沒想到卻隔了快兩年，我記得是在妳大學畢業後才發行的對吧？」點點邊說邊翻閱資料確認，我很訝異她準備了這麼多的詳細資料。

「而且〈我願〉這首歌還是妳自己塡詞的，記得當初我們的節目也播放過好幾次呢。」滴滴回想了下，「與歌詞不同的是，那首歌的音域非常廣，前面很低音，中段又非常高音，且情感十分激昂，令人耳目一新。」

「當初錄製那首歌對我來說也是一大挑戰，再加上第一次寫歌詞，我幾乎醞釀了整整一年才寫出我和公司都滿意的作品，成爲大家聽見的〈我願〉。」想起那時錄音的過程，我仍舊覺得挺痛苦的。

「〈我願〉幾乎成了妳的代表歌曲，此後妳就活動、戲約不斷，同時以前在練習發聲配音的作品也被網友們挖出來了。」

「網友們眞是可怕啊！這也挖得出來。」點點和滴滴一搭一唱。

「差不多也是在畢業之後，我更加全心投入到演藝工作。」我咬了咬唇，思考該怎麼形容，「應該說，以前我也很投入，但畢業後我甚至連父母的面都很難得見到，將所有心力以及時間都獻給了工作。」

「這樣不會累垮嗎？」點點問。

「其實還好，畢竟我一直很喜歡這份工作，對我來說，做自己喜歡的事情並不會感覺疲累。」我的說法很官腔，事實上被人批評、謾罵時，我的心情多少還是會受影響，偶爾也會想要什麼事都不做，靜靜地放空一整天。

可是每當這種時刻，我就會想起小時候在電視上看見姬雪的那股悸動，於是對工作的熱情又重新燃起。每個人都有所謂的天職吧，對我來說，當一名藝人便是。

而每當想起姬雪，我就會好奇消失的她究竟去了哪，既然我都踏進了演藝圈，不把握機會打聽就太笨了。

我問過池呈安和林姊，甚至連比我晚進演藝圈的周起言都問過了。

無奈得到的答案大同小異，姬雪就像人間蒸發般消失了。

「前幾年不是有姬雪和她女兒的新聞嗎？」我依稀記得當年的新聞。

「嗯，但妳也明白，我們這行常會被各方勢力關切，總之最後沒鬧得太大，有位傳奇性的記者前輩也希望不要再傳開，讓姬雪母女能過著平靜的生活。」

我思考著，總覺得某些事情似乎連結上了。

被媒體找到的姬雪、姬雪藏起來的女兒、最後被壓下的新聞，以及小品的忽然消失，還有那段很久以前，屬於殷硯他們幾人的回憶，就這樣因小品的離去而成爲永恆。

「姬」這個姓氏並不常見，即便姬雪只是藝名，我仍無法忽略這之間的巧合。

我不確定自己的猜測有沒有錯誤，不過應該很接近事實。

「那我有機會可以見姬雪一面嗎？」我這句話比較接近喃喃自語，要弄清楚眞相卻又得在不告訴殷硯的前提下，或許只能想辦法見到姬雪了。

「大概很難，或許有一天吧。」林姊沒把話說死，「先別說這些了，妳知道明天的畢業典禮該怎麼做吧？」

「我知道，池呈安會來對吧。」我翻了個白眼，這個梗還玩不膩。

沒想到，林姊高深莫測地笑了，我頓時不禁打了冷顫，「等一下，難道不是池呈安？」透過林姊的眼神，我曉得自己說對了，我的天啊，「周起言？」

「沒錯，有葳，妳眞的很聰明。」

「林姊，妳是想營造出三角關係的假象嗎？」我握緊手中的寶特瓶。很久以前池呈安曾跟我說，林姊總有一天可能會這麼做，沒想到她眞的這麼做了！

「別說得這麼難聽，我只是想讓粉絲們有更多的想像空間。」

林姊在操弄緋聞這方面確實挺厲害的，可是……

「林姊，池呈安和周起言現在聲勢浩大，妳有看到他們ＩＧ的追蹤人數嗎？二十幾萬和三十幾萬！」

「妳不是更高嗎？」林姊瞇眼。

呃……這不一樣啊，我是女生。

「林姊，重點是，這要是一個弄不好，我就會被講成是玩弄兩個男人的魔女耶！」我說出一直以來的擔憂。雖然目前還沒有這樣的問題，然而不怕一萬，只怕萬一。只有池呈安還好，若是連周起言都來湊熱鬧，那還得了。

「放心，妳繼續維持不正面回應的態度，只要應對記者的方式得體，別私下和他們兩個出去，就不會有事了。」林姊說得輕鬆。

的確，即使我和池呈安當了這麼久的螢幕情侶，甚至我們的配對還成了收視保證，大家也沒有眞正把我們兩個看成一對。

對此池呈安還開玩笑地說過：「難道我們兩個看起來眞的這麼清白？這是該高興還是難過呀？」

我不知道他這句話是什麼意思，不過這並非不好的狀況。

「看來林姊妳是不會改變決定了，所以明天周起言會來獻花？」

「沒錯，另外，我打算送妳一個畢業禮物，就當作是慰勞妳這些日子以來的辛苦，這兩天是妳身爲學生的最後時光了。」林姊說完，把我放在一旁的包包和外套遞給我，見我一臉狐疑，她笑說：「放妳一天假，隨妳要找朋友玩還是做什麼，總之就是放假。」

「可是我今天下午有舞蹈課……」我接過背包和外套，有些發愣。其實我挺喜歡上訓練課程，所以並不覺得辛苦，如今忽然放假，我反而不曉得該做什麼。

「妳可以去見見朋友呀，圈外的朋友也很重要的。」林姊難得執意要我休息。

於是，我就像被趕出公司一樣，穿著外套、戴著棒球帽，背著背包走在路上，猶如隨處可見的大學生。

最後，我只是來到連鎖咖啡廳並坐在窗邊，注視著來往的行人。他們大多低著頭滑手機，沒有人會注意到樓有葳坐在這邊。想到這點，我不自覺輕笑了起來。

大概發呆了一個小時，我才拿出手機，思考了一下後，點開了和殷硯的對話視窗，但猶豫了很久，我又關閉視窗。

「請問妳是樓有葳嗎？」一個低低的聲音從身後傳來，我嚇了一跳壓低帽緣，立刻揮手否認，「你認錯……」話還沒說完，我就聽見對方竊笑著，一屁股坐到了我旁邊的位子。

身穿白色外套並搭配白色鴨舌帽的池呈安戴著口罩，只露出笑彎的眼睛。

「你……你嚇死我了！」我用力打了他一下，池呈安大笑不已，即便口罩遮去他半張臉，光是那雙眼睛也賞心悅目。

「妳怎麼會在這？等等不是要練舞？」

「那你呢？怎麼會來這？」

「我正要去公司，經過這家店就看見妳了，妳眞是沒有警覺心呀。」他敲了我的頭一下。

「我明明有變裝，而且大家都在玩手機，沒有人注意到我的。」

「那是他們太遲鈍了，或者是妳的明星光環還不夠強烈。」他又笑了幾聲，「明天不是畢業典禮嗎？林姊這次居然還沒通知我幾點會合。」

沒想到池呈安會記得，我搔了一下臉頰，把林姊的主意告訴他，池呈安聽了瞪大眼睛，然後嘆口氣，「沒想到我這麼快就被拋棄了啊……」

「什麼拋棄，亂講。」

「妳這麼激動，我好高興。」他撐著頭，光是眼神都很有戲，「不過林姊根本是司馬昭之心。」

「只能說你說對了。」我聳肩。

「所以今天是放妳假嘍？」

我點頭，池呈安沉思了一會，忽然起身，「好，那走吧！」

「走？去哪？」

「去走走啊，難得放假，妳很久沒有四處走走了吧？」他拉起我的手，不由分說地就要離開咖啡廳。

「等一下，池呈……」我喊到一半便打住，不能在這喊他的名字，「你不是要去公司嗎？」

「對呀，但我只是要去拿忘在那邊的外套，下次再拿也行。」他往前跑，順手招了計程車。

「等等啦，不能被看到我們單獨在一起！」我趕緊制止，林姊才剛告誡過，要是被計程車司機八卦的話怎麼辦？

「放心，我用一點五的視力確認過了，司機是個六十幾歲的先生，他不會知道我們是誰的，我們沒有紅到老少皆知。」池呈安這番話眞是令人心情複雜，不過的確，當我們上車時，司機對待我們的態度非常一般。

「司機大哥，你今天有空嗎？」池呈安一上車就問。

「你們要去很遠的地方嗎？」

「不會很遠，只是可能會跑好幾個點，每個點都下去拍拍照這樣。」池呈安說出幾個景點，司機一邊點頭一邊考慮，最後和池呈安談攏了價錢。

「別看我年紀大了，我以前可是開大卡車的，現在退休了閒閒沒事做，所以才來開計程車。」司機說完，油門一催，疾馳而去。

「你眞的是……瘋了啊！」我大笑起來，池呈安拿下口罩，他白皙的臉龐因熱氣微微泛紅，深邃的雙眼顯得幽靜如潭，彷彿能將人誘引至深處。

「身爲學生的最後一天，本來就該大玩特玩。」他對我笑著。

我時常見到池呈安的笑容，他的笑總是如此陽光燦爛，令人想多看幾眼，彷彿能被他的快樂感染。而隨著和他相處的時間日益增加，我也逐漸分得出來，當他演戲時和私底下的時候，那笑顏其實有很大的不同。

此刻他是眞心地笑，這樣的笑我很常看見，是不是其他人也常看見呢？

✦

「爲了這次的專訪，我特地看過了妳開設ＩＧ以來發布的每一張照片。」滴滴得意地說，但下一秒又垮下臉，「我這樣是不是很像變態？」

「根本是以工作之名，行跟蹤之實。」點點毫不留情。

「只能說你很有毅力，我可是發了好幾千張照片呢！」我不可置信。

「所以妳知道爲什麼我們這個節目能做這麼久了吧，除了因爲我的魅力，就是因爲我們非常認眞了。」滴滴神情驕傲。

「等一下，有魅力的是我吧？是我的聲音讓聽眾們無法離開吧？」點點不甘示弱，他們兩個的鬥嘴也是這個節目的亮點。

「好啦，不要鬧了。話說有葳畢業前，似乎去北海岸玩了一趟，拍了不少漂亮的照片。當時許多粉絲都很好奇照片是誰拍的，因爲無論是取景還是構圖都非常完美，更重要的是，有葳的表情看起來相當開心。」

點點接口，「我記得當時有葳都不肯回答，不少人猜測是池呈安，不過後來也有人認爲是周起言，這大概已經是八年前的事了，今天我們能知道答案了嗎？」

我沒料到他們會問這個問題，在上節目前，他們先提供了流程大綱，以及可能訪問的題目給我們，而公司也幫我擬了一份預期的問題列表，只是其中都不包含八年前ＩＧ那些照片的事。

我瞥了眼在主控室的熊妍，她聳肩，似乎不打算干涉我怎麼回答。我抿了抿唇，「都八年了，也沒什麼好瞞的了，不過我想留到晚一點再說，可以嗎？」

點點和滴滴喜出望外，「沒問題，八年都能等了，還差這一個小時嗎？只要想到今天就能得知答案，我就超級興奮的！」

我微微一笑，思緒飄回了那個陽光明媚的午後。

當天陽光雖然耀眼，卻並不灼熱，也或許是我的心思不在氣溫上，總之，那是一個感覺十分舒適的天氣。

計程車停在公路旁的停車場，池呈安拿下了帽子和口罩，也要我脫下那些束縛，然後他指定我站在欄杆邊，幫我拍了好幾張技巧媲美攝影師的漂亮照片。

接著，他拉著我來到海邊踏浪，後來又要司機把車開到一個人潮稍多的地點。我本來有點擔心被認出來，但他卻帶我造訪了一處祕境，那裡人煙稀少，還能享受更加完整的大海與藍天。

那天午後，我笑得開心，幾乎忘記了自己是樓有葳、他是池呈安，我們就好像只是普通的大學生，在平日下午一起外出遊玩。

當太陽西沉的時候，海面被染成一整片橘紅，我以爲這樣的景象只會在經過修片的照片或影片中看見，想不到有天能親眼目睹。

「樓有葳，妳還有男朋友嗎？」

「有啊。」

「是喔。」站在我身邊的他稍稍往一旁移動，拉開了距離，「那好吧。」

望著前方的落日，我想起一句詩詞——夕陽無限好，只是近黃昏。

我沒有勇氣抬頭去看池呈安現在是什麼表情，也沒有心情去思考，爲何在這樣的午後，我會與他站在這裡，而不是與殷硯。

「透過當時的ＩＧ照片，我還發現一件很有趣的事。」滴滴說，我的思緒因此被拉回來，「妳的高中畢業典禮、池呈安的大學畢業典禮，你們都互相參與了，沒想到，在妳的大學畢業典禮上出現的卻是周起言，凡人總是做出大家預想之外的安排呢。」

我聳肩，周起言和池呈安不一樣，表現說有多誇張就有多誇張。首先，他穿了西裝到場——在六月這種大熱天，他居然穿了合身西裝前來。

再來，他送我的花束是九十九朵玫瑰。這是畢業典禮，不是情人節，不過正因爲他如此招搖，反倒不會讓人產生多餘聯想。

我不知道這是林姊的策略，還是周起言自己的發想，總之結果很成功，我們各自上傳了合照到ＩＧ上，分別都有十幾萬的按讚數，這是很驚人的，尤其當時我們的追蹤人數還不到如今的一半。

但是，那不光光只是我們合照所造成的效應，池呈安也推了一把。

「你們合拍的那張照片，池呈安還故意在下面留言呢。」滴滴笑了起來。

「是啊，他眞的很無聊。」我也不禁笑了。

他的做法開啟了往後我們在彼此的ＩＧ留言的契機，以往無論媒體或粉絲們怎麼說，我們從不會給彼此的發文按讚或留言，這也許是一種默契。

但池呈安這次做了出乎意料的舉動，就連林姊也沒料到。

他在我與周起言的合照下，留了一個火焰的符號。

光憑這個代表火焰的符號，就足以讓所有媒體和粉絲陷入無限遐想，爲之瘋狂。

驚人的效應讓林姊措手不及，卻造成了高曝光率以及點閱率，連帶我們三人所拍攝或錄製的廣告、節目、單曲等成績都扶搖直上，於是林姊也無法責備池呈安的脫稿演出。

「演員本來就要即興發揮，這樣戲才好看呀。」池呈安得了便宜還賣乖，被林姊沒好氣地拍了下頭。

此後，只要我發文，池呈安就可能會來留個意義不明的符號，這讓粉絲們更加期待我每次的發文，想看池呈安會不會又出現。

甚至連周起言也跟著這麼做，但他並不是留符號，而是留文字，大多是中規中矩的內容，例如「這家店很好吃」、「加油」、「這次的表演很棒」之類，和他私底下的眞實性格差距甚大。

粉絲們的反應都不錯，所以林姊便睜一隻眼閉一隻眼，池呈安也懂得控制好頻率，避免太常留言惹來反感。

只是當池呈安這麼做以後，關於我在北海岸拍攝的一系列照片，他便成了眾人所猜測的掌鏡者。我告訴林姊，照片是我的大學同學拍的，不過林姊知道池呈安當天本來要去公司拿外套，最後人卻沒出現，所以她顯然不相信我的說法，只是沒有追問。

在我二十三歲生日那一天，事務所幫我舉辦了慶生會，包括池呈安、周起言和其他多位藝人都參加了。我們拍了大合照，但池呈安先上傳了一張和我的合照到ＩＧ上，貼文內容只有一個蛋糕的符號。

稍晚，經紀公司和我才發了大合照，結果所有粉絲像是呼應池呈安一樣，全都留言蛋糕符號，令我們哭笑不得。

老實說，這挺有趣的，絕大多數的粉絲都認爲我們只是感情很好的朋友，而我也想這麼認爲。

我逐漸忽略了很多重要的事，應該是說，曾經很重要，卻隨著時間過去慢慢變得不那麼重要的事，只是不願承認。

「妳到底還有沒有把殷硯放在眼中？」

我已經好一陣子沒和余潔聯絡，我看過他們在臉書上的發文，熊妍、余潔還有殷硯似乎有時會聚餐。

余潔想必是忍了很久，才會在久未聯絡的情況下，發來這則指責我的訊息。

可是慶生會那天，結束之後我眞的太過疲累，所以一回家看完余潔的訊息便倒頭就睡，直到天亮時醒來，我才瞧見殷硯的訊息。

「有葳，生日快樂。」

簡單的文字，沒有貼圖，也沒有表情符號。

卻令我溼了眼眶。

我究竟在做什麼？

我打了電話給殷硯，他似乎還在睡，慵懶而低沉的嗓音傳來。

「殷硯，對不起。」我劈頭就先道歉。

「爲什麼道歉？」我聽見棉被摩擦的聲音。

「因爲我忘記……」

「有葳，這些年來，妳忘記的事情很多。」他咳了一聲，這話並不是在責怪我，只是就事論事。

「對不……」

「不要道歉，我知道那是沒辦法的事，我一開始就知道。」殷硯翻了個身，「只是……如果都已經到了這種地步，我們是不是……」

我頓時心一涼，心臟跳得飛快，深怕聽見那幾個字。

「殷硯，你想要說什麼？」

「如果說，我們眞的都改變了，那或許這段……」

「你發過誓。」

我的話讓電話那頭的殷硯閉口不語，他安靜下來，似乎連呼吸聲都消失了。我沒打算住口，爲了不讓他以後再次說出類似的話，我接著說：「你用你妹妹的名字發誓過不會改變、不會離開我的！你不是也說了，你能理解並體諒我？那爲什麼要說出這種話？」

「對不起，有葳，我再也不會說了。」然後，他這麼回應我。

我開心嗎？

一點也不，掛掉電話後，我哭了很久很久。

明明曉得我們都改變了，我卻守著這灘死水，連我自己都不明白自己究竟在堅持什麼。

也許是因爲眞的分開了，就彷彿都是我的錯了。

✦

熊妍來到我們公司的那天，是個陰雨綿綿的日子，當我看見她坐在會客室的時候，還以爲自己眼花了。

她一見到我便熱烈地招手，同樣坐在裡面的林姊也轉過頭，做了個手勢要我進去。

「有葳！」一踏進會客室，熊妍便衝向我，給了我一個大擁抱，這讓我驚訝不已。眞的是她，不是我的幻覺。

「妳怎麼會在這？」我看著林姊，注意到桌面上放著履歷表，「妳來應徵？」

「沒錯！我告訴林小姐我是妳的國高中同學，沒想到會遇到妳！」熊妍親暱地挽著我的手，「自從妳成爲大明星之後，我們就很少聯絡了。」

我不確定林姊得知熊妍是我的朋友後，會增加還是減少錄取熊妍的意願，但眼下熊妍如此熱情，我也不好否認，況且見到她我是眞的很高興。

「小林一個人無法應付，我們必須多請一位助理。」林姊起身，上下打量熊妍，「妳的履歷不錯，又有業界人士的推薦信，再加上是有葳的舊識，我願意優先錄用妳試試。不過妳應該明白，對外妳不能對有葳做出這麼親密的舉動，也不能……」

「我知道！我不會仗著自己是有葳的朋友而忘記自己的身分，我們最重要的任務就是保護藝人。」熊妍站直身子，把手放在太陽穴旁邊做出敬禮的動作。

「知道就好，那妳明天開始上班。」林姊說完這句話便離開了。

「天啊，有葳，沒想到我們居然可以在同一個地方工作！」熊妍拉著我的手來到沙發邊，激動得眼眶泛淚。

我握住她的手，能在這裡見到朋友，是我從來沒有想過的。

「有葳，一見面就說這種話也許不太妥當，可是……妳和……」她壓低聲音，稍微左右張望了一下，「殷硯……還好嗎？」

「爲什麼這麼問？」

「你們最近……不，至少有幾年了吧？是不是幾乎都沒怎麼見面？」

「妳也曉得，我現在更沒有時間和他見面了。」我輕描淡寫地說。

「但是至少生日也該……」她忽然打住話，驚訝地望著會客室外頭，她的目光移動著，讓我明白有人正走過來，於是也回頭。只見池呈安戴著耳機，信步往茶水間的方向走去。

他在拿下耳機的時候側了側頭，瞧見在會客室的我和熊妍後，他頓時瞇眼微笑，推開了會客室的門。

「妳還在偷懶啊，不去上課嗎？」

「我要去了，你今天有課？」我歪頭。

「明天臨時有個訪談，所以我把課調到今天了。」他看了下目瞪口呆的熊妍，以及我們交握的手，「這是……妳朋友？」

熊妍馬上跳起來，九十度彎腰鞠躬，「池呈安你好，我是新來的助理，我叫做熊妍！請多多指教！我是有葳的國高中同學，我會努力的！我們是很好的朋友！」

她緊張得語無倫次，我不禁搖頭失笑。她得快點習慣見到閃亮亮的明星，否則該怎麼工作？

「喔——有葳的好朋友啊？國高中都在一起？」池呈安摸著下巴，然後走進了會客室，還將玻璃門關上，我頓時有些狐疑。

「真的很要好的那種？」他問這個問題時看著我。

「嗯，很要好。」所以我回答。

「什麼祕密都知道的那種要好？」池呈安又確認。

面對池呈安再次提問，熊妍也疑惑了。

「是啊。」我說，熊妍甚至還幫我探聽小品就讀的系所，並找出照片，她確實跟我相當要好。

「那……妳也認識有葳的男朋友嘍？」池呈安語出驚人，我倒抽一口氣。

「池呈安！」

「妳自己說她什麼都知道的。」他嬉皮笑臉，「難道不知道？」

「她知道……可是你能這樣問嗎？萬一她不知道呢？」我簡直不敢相信，池呈安此刻的行爲幾乎稱得上是混蛋。

「那我就會裝作是開玩笑。」他聳聳肩，不當一回事。

「他也知道殷硯的存在？你們公司不是禁止藝人談戀愛嗎？」

熊妍這個大嘴巴，有必要說出殷硯的名字嗎？

「原來他叫殷硯呀。」池呈安挑眉，勾起了微笑，「以後請多指教了，熊妍。」說完，他打開會客室的門，似乎心情很好地離去，嘴裡哼著歌。

「妳爲什麼要說出殷硯的名字？」我轉身抓住熊妍的肩膀。

「他知道妳有男朋友？那爲什麼妳這些年都不承認殷硯的存在？」熊妍反問我。

「池呈安他幫我隱瞞了，公司裡沒有其他人知情，而且是他自己發現，不是我告訴他的！」確定四周沒人，我繼續說，「以後不要再跟他提起殷硯的事。」

我立刻收拾好包包，要往舞蹈教室去，但是熊妍喊住我，「妳知道殷硯畢業以後在做什麼工作嗎？」

「我不知道，他沒跟我說。」我停下準備開門的動作。

「他現在在米原出版社擔任編輯，他很優秀，大學的時候就去那裡當過實習生，筆試與面試的表現更是非常出色。」熊妍頓了頓，「這些……妳都不知道吧？」

「我是不知道，因爲他沒跟我說。」我的手微微顫抖。

「可是……妳有問過嗎？」熊妍語帶責怪，「我和大多數的粉絲一樣，都不認爲妳和池呈安之間有什麼，但看到剛才那樣的情況……有葳，你們眞的……沒有什麼嗎？」

我轉過頭，冷靜地注視熊妍，也許是我過於冷漠的表情嚇到她了，她有些退縮。

「熊妍，我不需要妳跟余潔一樣指責我，妳很快就會明白我有多麼忙碌，我問心無愧。」

問心無愧這四個字，在那個當下，我還眞好意思講得如此理直氣壯。

我很快來到舞蹈教室，當池呈安與我打招呼時，我不發一語地走到離他最遠的角落，他原本想和我搭話，我卻明顯擺出不想搭理他的模樣，於是自討沒趣的他待在了原地。

當課程結束，老師也離開之後，他才走了過來，問我怎麼回事。

我怒視他，「你才怎麼回事，你剛才那樣很不尊重我。就算熊妍知情、你知情，可是你沒想過我也許不想讓你們兩個曉得彼此都知情嗎？」

「就這點事？」他失笑，爲此我更加憤怒。

「什麼叫做這點事？」

「爲什麼我們不能曉得彼此知情？原因是什麼？」

「你明明知道公司禁止我們談戀愛！」

「但我知情，她也知情，我們都爲妳隱瞞了這麼久，爲什麼我們不能互相交流？」他追問，「是因爲公司禁止？還是因爲我們是藝人？或者因爲是我？」

我瞪大眼睛，「你在說什麼？」

「樓有葳，我不懂，你們之間的感情明明淡了，到底還在撐什麼？」

這句話宛如將我推入無底深淵，「你憑什麼說我們感情淡了？」

「難道不是嗎？」他拉住我的手，「妳要說我和妳之間是眞實的，還是虛假的？」

我立刻推開他，池呈安很危險，他的體溫、他的眼神、他的話語，他的一切都很危險。

「我想是林姊的策略影響到你了，從今以後停止吧。」我往後退，刻意不去看他的表情，「以我們現在的聲勢，根本也不需要彼此拉抬了。」

「樓有葳。」他再次喊了我的名字，頓了很久卻沒說出下一句話，於是我迅速拿了自己的東西，離開舞蹈教室。

回家的路上，這一次我沒有猶豫，拿起手機撥了電話給殷硯。

我告訴他：「我好想你，我們見面吧。」

◆

「米原出版社，殷硯。」我看著殷硯的名片，不禁嘖嘖稱奇，名片是我這輩子都不會擁有的東西吧。

「給妳一張應該沒關係？」殷硯微微一笑，他身穿藍色襯衫和黑色長褲，深色背包放在旁邊的椅子上，桌面上擺了咖啡和鹹派，那表情是我陌生的。

「我會好好收藏的……男朋友的第一張名片。」我壓低聲音說出男朋友三個字，殷硯似乎頗訝異聽到我這麼說，他左右張望了一下，隨後才笑了起來，「沒關係嗎？」

「沒關係，不會有人注意到的。」我們一樣約在學生時期常去的那家咖啡廳，難得彼此都有空，我還約了余潔和熊妍，她們卻要我把時間留給殷硯。

然而殷硯晚上要參加電影的首映會，那是米原出版社旗下的一部作品所改編的電影，因此我們可以共處的時間不多，只能在這老地方喝咖啡。

「你在出版社都做些什麼？」我好奇地問。

「我目前還無法獨當一面，所以有許多雜事要處理，例如過濾投稿信、管理網路社群、確認出版排程以及印刷廠送印的時間等等，內容很雜，不太好說明。」殷硯聳聳肩。

「這樣啊……那高立丞還在國外嗎？」

「對。」說完，殷硯忽然抿嘴一笑。

「怎麼了？」

「世界真的很小，在美國那麼大的地方，高立丞居然遇見了我們以前認識的人。」

要是在以往，我會擔心那個人是不是小品，可是我知道小品人在臺灣，之前也請熊妍幫我打聽過小品在做什麼，她目前在一家餐廳打工。

當熊妍向我報告這件事的時候，林姊正巧聽見，還看到了熊妍手機裡小品的照片，因此想起小品是以前在練習發聲見過的女孩，於是她又向練習發聲的人提及小品，希望如果小品有意踏入演藝圈，能夠優先考慮加入凡人。

這令我有些膽顫心驚，幸好小品並沒有回應。

「是嗎，他遇到了誰？」

「我們以前的老師，總之緣分這種東西實在很奇妙。」他顯然心情很好，思緒飄向了我不了解的過往。

咖啡廳內響起我的歌聲，是最近發行的新單曲〈我願〉，這首歌不僅空降了華語歌曲排行榜，更盤據好幾個禮拜，走到哪幾乎都能聽到我的歌聲。

也許我們都不該放棄　天邊的彩虹永遠在那
只是暫時看不到

「沒想到唱歌的人現在就坐在我面前。」殷硯做出不可思議的表情，我忍不住笑著調侃：「而且還是你的女朋友喔。」

「最近發生什麼事了嗎？」他的反應卻是如此，「妳以前不會這麼說。」

「也沒有呀。」我自己都可以察覺這番話的不自然，於是下意識壓低了帽緣，「我只是覺得這些日子以來太忙了，有點忽略你，真的不好意思。」

「沒關係的，我現在也出了社會，更能明白有時候眞的很難掌控時間，我都會碰到這種狀況了，以妳的工作性質應該更難自己作主吧。」他淡然地說，「這些事，一開始和妳交往我就都知道了。」

從前，我十分感謝他的這份成熟，但如今，這過於從容的態度以及毫不索求的體貼，卻只令我感受到隔閡。

「殷硯，我們之間不會改變的，對吧？」我把手覆在他的手背上。

面對我的主動，殷硯略顯訝異，不過他沒有猶豫太久便也將另一隻手覆在我的手上，「我答應過妳，我們不會改變的。」

所謂的言不由衷，大概就是指此刻的我們了。

我們內心深處都知道已經回不去高中的那段時光，卻依然無法捨棄年輕時許下的承諾。

爲什麼？

難道是害怕打當年天眞的自己一巴掌，以爲自己和別人不一樣，以爲感情不會由於外在因素而改變，最後卻終究得承認自己和其他人一樣？

其實，除非永遠站在原地，否則改變都是必然的。

只是當時的我尚未成熟到願意承認這個事實，或者說，我沒有勇氣去探究發生改變的根本原因。

是我變了，還是他變了？

是所處環境的不同造就我們的改變，還是哪個人影響了我們？

當時的我不過快要二十四歲，沒有辦法成熟地接受自己的轉變，也沒有勇氣去接受任何變化，以爲抓著過往的回憶不放，就能假裝一切一如既往。

即便虛幻不實，也依舊美麗。

第九章

「歡迎回到點點滴滴，我是點點。」

「我是滴滴。」滴滴輕咳一聲，「我想問個問題，不曉得適不適合。」

以目前提及的事件來看，我大概猜得到滴滴會問些什麼。

儘管我在講述過去的經歷時，並沒有把和殷硯交往一事說出來，殷硯仍是我在國高中時期的朋友，所以他也有出場的機會。

而過往說到了二十四歲，當時〈我願〉這首歌當紅，卻有一件事不同了。

是的，就是我與池呈安的關係。

那天在舞蹈教室，我對池呈安說的話十分無情，猶如在指責他，可是我原以爲池呈安隔天還是會像沒事一樣，照常和我聊天嬉鬧，然而卻沒有。

雖然他也不至於冷漠，依舊會與我說話、討論工作內容或練習進度，但態度就像對待普通朋友，甚至連周起言都察覺了不對勁。

「從妳大學畢業那時候開始，池呈安就常常在妳的ＩＧ貼文下回應各種符號，可是他卻在〈我願〉發行後停止了這個行爲。大家都認爲是因爲妳的單曲推出後反應熱烈，再加上池呈安的新戲也上檔了，你們炒完了新聞，不需要再繼續這麼做，不過事實上眞的是如此嗎？」滴滴問得直接。

「說我們的那些互動是炒新聞，其實有點不公平，那就是朋友之間的有趣玩鬧，只是停止這個互動的時機剛好能夠引起聯想。」我努努嘴，「老實說，我們那時是發生了一點矛盾。」

「矛盾？」點點和滴滴眼神齊亮。

「畢竟我們年齡相近，出道的時間也差不多，所以有時候……」我笑了一下，覺得自己也太拐彎抹角，「我們吵架了，就是這樣。」

「吵架？可是你們從來沒有傳過不合呀。」

「因爲池呈安是個優秀的演員，他完全沒表現出來，只是我們確實在和對方冷戰。」

我回憶起那段日子。

若要說誰的知名度比較高，那麼一直都是池呈安，雖然我的ＩＧ追蹤人數比他多上好幾倍，但池呈安接下一部青春熱血電影後，便從此開啟了海外的知名度。

與此同時，〈我願〉作爲當年臺灣最受歡迎的戲劇主題曲，可以說是家喻戶曉，而戲劇又售出海外版權，導致某部美國動畫片要在臺灣上映時，指定了練習發聲錄音公司負責配音事宜，也指定由我來演唱中文主題曲。

爆紅宛如一瞬間的事。

我永遠記得那時的盛況，踏進便利商店，架上雜誌的封面不是我的臉，就是池呈安的臉。

當我走在街上時，聽見的幾乎全是我自己的歌聲，看見的幾乎全是我的廣告。

這正是我一直以來夢寐以求的。

所以我和池呈安越來越少交流也是可以預期的，畢竟我們都很忙。

✦

「樓有葳，這是給妳的！」周起言去了一趟美國拍ＭＶ，晒出一身古銅色肌膚。

「這是什麼？」我搖搖他遞來的方形盒子。

「香氛蠟燭，佛手柑的味道喔。」

我瞥了眼他手上的大背包，裡頭塞了不少東西，看來公司的每個人都有一份禮物。

「你居然會送香氛蠟燭，還以爲你會俗氣地買巧克力呢。」我打開盒子，注意到這個牌子並不便宜，「這會不會太貴重？」

「還好吧，妳這反應好多了，我送給池呈安的時候，他說什麼『也差不多要是這種價位的東西才能與我的地位匹配』，有夠不要臉耶。」他邊說邊翻了個白眼。

「你也送他香氛蠟燭？」我已經許久沒和池呈安好好交談，但依舊能透過網路或是新聞，以及其他演藝圈人士口中聽到他的消息。

明明沒和他接觸，卻還是感覺離他很近，該怎麼描述這樣的心情呢？

「是呀，妳不覺得池呈安很適合一手拿著紅酒杯，泡在高樓玻璃窗邊的浴缸裡，水面上灑滿玫瑰花瓣，一旁還點著香氛蠟燭嗎？而且我送他的蠟燭是薰衣草的味道喔。」周起言假裝手裡握著紅酒杯，做出搖晃酒杯的動作，我不禁笑了出來。

「我可不會這樣，我最討厭泡澡了。」出乎意料的嗓音從後方傳來，池呈安一手擦汗，大口喝著礦泉水，並沒有瞧我。

「唉唷，你眞是神出鬼沒，我還以爲這種講誰閒話，誰就出現在背後的劇情只有小說裡會發生耶！」周起言誇張地做出嚇了一大跳的樣子，「所以說，那個薰衣草香氛蠟燭你用了嗎？」

「我給我朋友了。」池呈安把手伸進周起言的背包裡撈啊撈的，皺了眉頭，「你香氛蠟燭買了幾個？」

「欸欸欸，禮貌禮貌。」周起言搶過他那沉重的背包，「香氛蠟燭只有你們兩個有，其他人都是肥皀。話說回來，你居然把蠟燭送人，太過分了吧！是送給誰？」

「送給我的大學同學。」池呈安聳肩，「你是故意給我薰衣草的吧，我記得之前我們一起拍廣告時，我說過我討厭薰衣草的味道。」

周起言「嘿嘿」兩聲，賊笑著裝傻，「有嗎？」

「算了。」池呈安說完就轉身離開，我這才鬆開緊握的雙拳。

「妳跟池呈安怎麼了嗎？」周起言將背包放回桌面上，嘴角噙著笑意。

「我們沒怎樣。」我把香氛蠟燭塞進自己的背包。

「少來了，你們私下幾乎都不講話耶。」

「明明有講話，昨天不是一起開會了？」

「那是開會，我是說聊私事。如果是在以前，剛剛妳和池呈安肯定會一搭一唱，可是妳卻完全沒吐槽他，他也沒看妳。」被他直接點出池呈安並未與我有任何交流的事實，令我的胸口沒來由地一緊。

「我們沒怎樣，只是沒什麼話好說而已。」我嘴硬，其實我連我們算不算是在吵架都不清楚。

我確實要池呈安停止那些無意義的行為，可是我沒料到他會做得這麼徹底，甚至把我當成空氣。

「話說他把香氛蠟燭給誰啊？應該只有女生會要那種東西吧。」周起言話鋒一轉，再次用誇張到不行的表情盯著我，根本把演技都用在這了，「難道是他圈外的女朋友？」

「不可能！」我反射性大聲說。

「妳又知道不可能？」周起言的語氣饒富興味，他走到會議室門邊，將門順手帶上，

「妳這麼了解池呈安？」

「他沒有圈外女友。」

「他這麼受歡迎，卻沒有傳出任何緋聞，不管是以前還是現在，從來沒有，就連你們在對方的IG貼文回覆表情符號，在粉絲眼裡看來也不是因為在談戀愛……雖然還是有CP粉啦，但大多數的人都沒認真看待……難道妳真的認為，池呈安那樣的男人沒有對象？」

「你這麼好奇，不會去問他？但是打探八卦在這行最不可取，你最好……」

「這怎麼會是八卦？如果我想八卦，我幹麼關上會議室的門？難道就不能說是和感情好的朋友互相分享嗎？」周起言一派認真。

然而事實上，我跟周起言一直都稱不上是能談心事的朋友，我們合作和相處的機會不少，可比起池呈安，我與周起言頂多就是可以一起吃飯聊天而已，若要說心事，在這個圈子裡，我只信任池呈安。

「你說了這麼多，怎麼不說說你自己的事？你的人氣也不差，很多粉絲都自稱周太太，你怎麼不說自己其實有圈外女友……」

「我有啊。」

「啊？」

「我說，我有啊，圈外女友。」他說得坦然，我聽得愕然。

這是怎麼回事？

「你、你……真的假的？公司不是明文禁止談戀愛嗎？」我幾乎要尖叫出聲，周起言竟然這麼輕描淡寫地把重大祕密告訴我。

「對呀，所以公司不曉得我還在和女友偷偷交往。」他拉開椅子坐下，一臉輕鬆，「我不是在西門町被星探挖掘的嗎？當時我正在和女友逛街，結果公司劈頭就要我和她分手。哇塞，我眞是不敢相信。」

「那你沒分手？」

「當然沒有啊，那是什麼狗屁規定，什麼時代了還禁止戀愛？我說我不打算簽約，離開了公司，但回去之後，我女友卻說這是難得的機會，要我把握。」他轉了下眼珠子，「我女友是妳的粉絲，要是我也成爲藝人，和妳變成可以一起吃飯的關係，那她就能近距離見到妳了。」

「不過，她沒想到自己得被隱藏這麼多年吧？」我驚訝不已。

「妳的每場簽唱會、見面會她都有到場，只是妳不知道哪個人是她。」周起言流露出難得的溫柔表情，「我問過她，我必須隱瞞她的存在，甚至我可能會需要拍親密戲、可能會傳出緋聞，這些她眞的有辦法承受嗎？」

我內心一驚，我也對殷硯說過類似的話。

「可是她說沒問題，她更想看見我閃閃發亮的模樣。」周起言將自己頸上的項鍊從衣領內拉出來，「妳看，我這一瞞，就瞞了這麼多年。」

「你們的感情都沒有出問題嗎？你在這樣的圈子，而她是普通……」

「爲什麼會出問題？」周起言問得認眞，「我最珍貴的青春歲月都是和她一起度過的，她是無可取代的存在，怎麼會出問題？」

「這個世界這麼璀璨，你不會……你以前不是曾經問我，分不分得清楚戲裡戲外嗎？難道你從來沒有動搖過？沒有猶豫過？你們沒有因爲時間兜不上而無法見面，或是……」

我不曉得自己想說什麼，面對周起言如此肯定地表示這些困難都不會影響他們的感情，我感到驚慌失措。

「我從來沒有動搖過，就像我女友無條件支持我一樣，我們都在各自努力。時間安排確實比較麻煩，她現在也在工作了，我們很難見面，可是這依然不會成爲阻礙，畢竟還可以視訊呀。」

我覺得像是被打了一巴掌，我曾經用沒時間作爲不和殷硯見面的理由，然而這在周起言眼中卻微不足道。

「話說回來，那時我會這麼問，是因爲感覺妳好像分不清楚戲裡戲外。」

「什麼意思？你認爲我演戲不夠專業？」

「不是，我後來看過妳的許多作品，發現妳唯有在和池呈安對戲的時候，才會出現那麼多破綻。」他微微一笑，「妳不是分不清楚，而是分得太清楚了，所以妳下意識地無法用只是在演戲這個藉口，說服自己與他親近。」

「我聽不懂你在講什麼。」我的心臟劇烈地怦怦跳著，跳到像是產生了疼痛。

「因爲妳喜歡池呈安，所以妳告訴自己，妳和他接吻是爲了工作，妳會感到心動，是因爲女主角必須心動，不是因爲妳眞的心動了。可是潛意識中，妳明白不是如此，於是妳才會逃避，才會不斷ＮＧ。」周起言耐心地解釋。

「不、不是那樣！」我已經有殷硯了。

「是不是都無所謂，只是你們再這樣下去，總有一天林姊會問你們怎麼了喔。」周起言起身，將椅子推回原位，「妳連在我面前都演不好了，有辦法逃過林姊的法眼嗎？」

「這……」

「所以說，如果你們彼此喜歡的話，爲什麼要這樣子？待在這個圈子已經得犧牲太多了，沒必要連自己的愛情也一起犧牲吧？」

我的愛情屬於殷硯，不是屬於池呈安。

但我說不出口，即便周起言已經告訴我自己的祕密，我仍說不出口我的祕密。

因爲，明明有男朋友的我，在他眼中看來竟是喜歡池呈安的。

經過和周起言的那番談話後，我還是沒與池呈安言歸於好。即便如此也不影響我們的工作，在這方面，我們還挺「專業」的。

二十四歲這一年，時間過得很快，當我意識到自己已經二十五歲的時候，是在收到殷硯的生日祝福簡訊那刻，當下我正在機場的貴賓室裡。

我這才發現，自己忘記跟殷硯說出國這件事了。

「辛苦妳了，加油。」

殷硯一如往常體貼，不過問我要做什麼，也沒質疑爲什麼我沒告訴他。

「準備登機了。」池呈安走到我身邊，他戴著太陽眼鏡和口罩，一副「我是明星」的裝扮。

「好。」我關閉手機螢幕，拿起自己的背包，順便把最後一口柳橙汁喝光，「林姊呢？」

「她先去外面等我們了。」他頓了一下，「妳……」

「嗯？」

他想了想，搖搖頭後朝自動門的方向走去，我好奇他想說什麼，但沒有選擇追問。

「周起言會在當地跟我們會合，雖然這次是去工作，不過也算是員工旅遊。」林姊正在透過手機和其他人確定臺灣的工作安排一切妥當，這樣才能放心搭乘十幾個小時的飛機抵達地球另一端。

「我好期待呀，第一次去美國耶！」熊妍興奮地在一旁喊，她順利通過了試用期，並且成爲小林的助理了。

「別忘了我們是去工作。」小林提醒她，熊妍點點頭，依然顯得興奮。

吳雨錚老師爲我和池呈安寫了一首男女對唱的歌曲，爲了這首空前絕後的情歌，我們準備遠赴美國舊金山拍攝ＭＶ，林姊說要順便慰勞我們，多安排了四天的空檔當作員工旅遊。

周起言得知消息後，馬上抱怨他入行這麼久，卻從來沒參加過像樣的旅行，而正巧他人也在舊金山拍攝與知名串流平臺合作的原創電影，便嚷嚷著要加入這次的旅遊。

林姊拿他沒辦法，反正時間搭得上，也就隨周起言去了。

我們朝登機口的方向走去，從沒出國過的我第一次搭飛機就坐商務艙，這讓我感覺好像有點太奢侈。

空服員和周遭的民眾見池呈安經過，無一不張大嘴巴，池呈安也沒想遮遮掩掩，即使戴著墨鏡和口罩，他自然散發的王者氣場還是不容忽視。

「歡、歡迎登機。」接過池呈安的機票時，女空服員抖著聲音說，眼睛幾乎都要變成心型了。

「謝謝。」雖然被墨鏡和口罩遮擋，我也曉得池呈安肯定露出了親切的笑。

而另一位女空服員接過我的機票，面帶和善的笑容，「歡迎登機，我很喜歡妳，請加油。」

我沒料到會聽到這番話，不禁一陣感動，「謝謝妳，辛苦了。」

相較池呈安把整張臉遮起來，我只戴了帽子，而林姊跟在我們身後一同登機，其他工作人員則搭乘豪華經濟艙。

「是池呈安和樓有葳！」

「天啊，他們一起出國？」

「不是吧，這麼明目張膽，一定是工作啦。」

其他乘客的議論聲傳進我們耳中，我本想裝作沒聽到，直接往空橋走，但池呈安卻在通過登機口後停住腳步，拿下了墨鏡和口罩，尖叫頓時四起，大家都光速拿手機拍照。

「各位，請支持我們兩個的新歌〈我願爲妳〉，也祝福大家旅途一路平安。」池呈安揮手，手機的快門聲此起彼落，見他如此大方，我也拿下帽子朝大家微笑，並微微鞠躬致意。

池呈安的行爲惹來林姊皺眉，不過她似乎也習慣了池呈安不按牌理出牌的作風，所以並沒有多說什麼。

在群眾的騷動中，我們進入了機艙，商務艙的座位有一半空著，乘客們也比較冷靜，他們僅是多看了我們兩眼，便把視線轉回財經雜誌或報紙上。

「你們兩個的位子在這，我有交代空服員別讓粉絲跑來打擾，你們就好好休息，我每隔兩個小時會過來你們這裡，看看有沒有什麼需要。」林姊蹲在我們的座位邊叮嚀，而我對座位的安排有一點意見，因爲我和池呈安坐在一起。

我以爲商務艙會是一人一個獨立座位，沒想到雖然座位確實寬敞很多，我們的位子還是兩人座。

明明有其他空位，難道不能讓我們分開一點嗎？

「有葳，怎麼了嗎？」林姊注意到我的表情不對。

「沒什麼。」我沒辦法說出無禮的要求，只得拿起放在桌上的菜單瀏覽。菜單很精緻，菜色也和經濟艙不同——會知道不同，是因爲我事先上網查詢過搭乘飛機的注意事項。

「林姊，妳好好休息吧，不需要兩個小時來一次，到了美國還要調時差，妳別太累。」池呈安體貼地說，林姊只是聳肩，說這是她的職責。

於是，在長達十二小時的飛行時間裡，只有我和池呈安單獨相處。

我忽然感覺自己身體的右半邊僵硬無比，池呈安的每個動作和氣息都像是被無限放大，讓我怪不自在的。

「請問……」兩位女空服員來到我們的座位旁，帶著不好意思的神情，「能和你們拍張照嗎？如果不方便的話請直接拒絕沒有關係。」

「當然沒問題。」池呈安的回應並不意外，我跟著起身。

「真的太謝謝你們了，你們好親切！」她們興奮地笑著，與我們分別合拍了一張照片。

等她們離開，我又回到渾身不對勁的尷尬狀態，而池呈安看起來似乎和平常一樣。忽然，我的手機傳來震動，同時經濟艙的乘客也開始登機了。

「樓有葳！聽說妳要來美國工作？」

是高立丞！我多久沒跟他聯絡了？

「對！」

我居然忘記他還在美國。

「妳要去哪裡？我人在紐約！」

「我要去舊金山，和你有段距離耶。」

「那有什麼問題，我可以特地去找妳呀，我在舊金山也有朋友。」

我停頓了下，思考著要是高立丞過來，我是否有時間可以和他見面。

「還是妳不方便？那也沒關係，反正我就快要回臺灣了。」

「你要回臺灣了？之後就不會再離開了嗎？」

「除了出差以外，我不會再待在國外那麼長的時間了，回去後我們可以好好聚聚！不過妳現在是大明星了，應該很難見面吧哈哈哈。」

我輕笑出聲，高立丞還是跟以前一樣，完全沒變。

離我們最遠的人沒有改變，反倒是我們這些留在臺灣的人，都不一樣了。

我把我在舊金山的大致行程告訴了高立丞，他回了我OK，要我按自己的行程走即可，他一定會來找我。

我跟他說飛機即將起飛了，然後便將手機調整成飛航模式並收起。讀著雜誌的池呈安翻了一頁，開口問道：「殷硯嗎？」

突如其來的問句讓我一愣，更別說他嘴裡吐出殷硯的名字。

「不是。」

「我看妳笑得那麼開心，以爲是他。」他又翻了一頁雜誌。

是我的錯覺嗎？怎麼覺得他口氣不太友善？

「是我們以前的朋友，他高中畢業以後就去美國念書，很久沒見了。」我竟然像是在解釋一樣。

「是嗎。」他又翻了一頁，「男生？」

「嗯。」雖然商務艙的座位很寬敞，嚴格說起來我們兩個之間有一點距離，但我還是可以感受到池呈安吐出的氣息。

他沒有再說話，也沒有繼續翻雜誌，我偷偷瞥了眼他在看什麼，發現他停在廣告頁。那一頁有什麼值得看這麼久？

「樓有葳。」似乎是察覺到我的視線，他喊了我的名字，我的目光趕緊飄向窗外。

「那天我在舞蹈教室喊妳，爲什麼妳不停下來？」他提起很久以前，卻恍如昨日的那件事。

我沒有回話，即使他的聲音不大，我還是慶幸我們前後左右都沒有乘客。

「因爲我……要說的說完了。」

「可是我沒有說完啊！」他稍稍提高音量，不過還是很小聲，同時手中的雜誌也沒有放下。

「你之後不就不理我了嗎？」我握拳。

「那不就是妳要的嗎？」

「我沒有要你不理我，我只是說停止在我的貼文留表情符號，還有你那些行為！」

「哪些行為？」他放下雜誌，眼底隱含責怪之意。

「就是……那些被林姊……留表情符號、提議先練習，或是帶我去北海岸，還有問我還有沒有男朋……」我絞著手指，詞不達意，也說不完最後三個字。

「為了確保您的安全，提醒您起飛和降落期間請關閉所有電子設備。請將椅背豎直、繫緊安全帶，並且關上餐桌板。也請您將所有隨身行李妥當安置在頂上行李櫃，或是您前方的座位底下。我們即將起飛。」

機上廣播響起，我連忙坐正身子看著前方，躲避他的視線，池呈安卻猛然拉住我的手，「妳看過這次的劇本了嗎？」

我嚇了一跳，慌張地確認空服員有沒有看見，但他們都已經就定位坐下。飛機正在加速前衝，搖晃的機身和劇烈的聲響與我的心跳融為一體，池呈安握著我的手，力道堅定得不容拒絕。

「這一次，以防妳又NG連連，我會要求先練習，而且妳不能拒絕。」他的嗓音隱沒在起飛的引擎聲之中，卻清晰無比地傳入我的耳裡，我渾身一顫，恐懼、害怕、想要逃離。

然而此刻我在空中，在被他擋住出路的靠窗座位上，我無處可逃，也沒辦法躲開，只能眼睜睜瞧著他的雙眸如同黑洞一般，將我吞噬。

「樓有葳，妳為什麼還不承認？」他幾乎是用氣音說，「我並不是一廂情願。」

✦

「啊，〈我願爲妳〉的ＭＶ眞的很好看，我當時還看到哭了，現在重溫也肯定一樣會哭。」點點摀著心口感慨，「尤其是最後一幕，你們兩個在金門大橋上走往不同的方向，然後回眸一望，我簡直心都碎了啊！」

「這首歌的歌名也很有意義，是將有葳的〈我願〉和池呈安的單曲〈爲妳〉的歌名合起來，歌詞就更不用說了，出自吳雨錚老師之手，品質保證。」滴滴說完還哼起了歌，然後伸手滑過控制鈕，〈我願爲妳〉的前奏響起，「那我們休息一下，等等再次回到『點點滴滴』。」

「節目已經進行到一半，最後的一個小時，千萬別錯過喔。」滴滴說，錄音室門上的紅燈熄滅，我們拿下耳機。

「辛苦妳了，要不要休息一下？」點點喝了一口水，「有葳，妳今天眞的是暢所欲言耶，這大概是我們收聽率最高的一集了。」

「是啊，網路上還有很多聽眾發問。」滴滴拿起手機讓我看他們的粉絲頁，雖然節目沒有畫面，只有聲音，在線人數也達到了兩萬多人。

我大致瀏覽了一下聽眾們的留言，若要說出道這麼多年，我最感謝的一件事是什麼，那就是我還不曾遭受過太誇張或是令人絕望的批評。

我很明白這世上有人喜歡你，便有人會討厭你，也明白身為公眾人物，就是會被大家用放大鏡檢視一切，但藝人也是人，也會因為一句有心或無心的話而受傷害。即使如此，我們仍只能告訴自己必須堅強，畢竟身為公眾人物，很多時候我們無法暢所欲言，也不能做出負面行為。

對於這一點，林姊一直在為我們做心理建設，我們擁有常人所沒有的名聲與榮耀，便也要承受常人所沒有的壓力與責任。

我們如果想做自己，勢必得爬到一定的高度後，才有條件去嘗試。

「辛苦你們了！」熊妍拿著三杯咖啡進來，分別交給點點、滴滴和我。

「完全不會，有這個榮幸可以訪問有葳，對我們來說根本是解鎖一項成就了。」點點開心地說。

「就別這麼客氣了，我以前念書的時候，可是『點點滴滴』的忠實聽眾呢！」熊妍提起這個節目陪伴她度過了青春時期，點點和滴滴卻垮下臉。

「別提醒我們和妳之間的年紀差距啊！」

我哈哈大笑，「你們兩位閱歷無數，歲月卻沒在你們的外表留下痕跡，只留下了內斂的智慧呀。」

「哎呀，有葳這麼會講話，我可以抱妳一下表達我的感謝嗎？」滴滴張開雙手，換來被點點用資料夾拍頭。

「話說回來，這一次主要是為了宣傳《後巷的女人們》這部電影，大概會在節目剩下半小時左右開始，對吧？」熊妍確認，因爲目前節目已經進入了第二個小時。

「沒錯，我們會掌控好時間的，請小熊不用擔心，當然也會帶到預計在三個月後接著上映的《高樓的男人們》。這兩部電影有葳都是主要演員，這部分我們眞的很想聊聊。」滴滴把手中的資料翻到電影介紹的頁面。

「那就麻煩你們了，這部電影我們公司非常看重。」熊妍認眞地說，畢竟這是這麼多年來，我接下的第一部眞正有機會推往國際的電影作品。

「沒問題，交給我們吧。」滴滴保證。

「注意，廣告要結束了。」工作人員在控制室提醒，點點看了下電腦畫面，剩十秒左右節目就要開始了。

熊妍立刻離開錄音室，我們三人也戴上耳機，並抓緊時間喝一口咖啡，接著開場音樂響起，點點與滴滴齊聲向聽眾打招呼。

「說到〈我願爲妳〉的MV，在美國拍攝的時候，有遇到什麼特別的事情嗎？」

「那時我們大家趁機放鬆了一下，去了舊金山的幾個著名景點觀光，然後就回臺灣繼續奮鬥了。」我簡單地回答，但點點滴滴兩人似乎不是很滿意。

「好吧，若要說的話，就是在那邊拍攝必須經過嚴格審查，我們得申請一個又一個許可，還要聘請保鏢幫我們看管攝影器材。之前曾經有其他劇組發生整臺攝影機被扛走的悲劇，損失慘重。」

「哇塞，這我也聽說過，各國的民俗風情和治安狀況不盡相同，眞的要多加注意。」

點點驚呼。

「不過，我想點點不是想問這個，她應該是要說，池呈安曾經消失在妳的ＩＧ上好一陣子，但幾乎是從你們拍攝完ＭＶ回來後，他就又開始留表情符號了。」難得這次是滴滴把話題拉回八卦上。

「啊，因爲去了美國，異地風情讓人心情放鬆，再加上朝夕相處，我們自然就把誤會解開了。」我輕描淡寫，可以感覺到他們還有意追問。

在點點和滴滴看來，他們對時間的掌控確實剛好，可是他們並不知道我安排了一個驚喜。

所以，我必須快點結束這個話題，否則他們絕對會後悔爲什麼不預留一個小時，讓我好好解釋這份驚喜的由來。

「奇怪了，你們怎麼一直想問池呈安呢？」我吊胃口似的說，「難道不想問周起言？」

「居然自己cue周起言嗎！」滴滴翻到下一張資料，「的確，美國行這個話題結束後，就要聊到周起言了。」

「關於那部有激烈床戲的電影。」點點露出少女般的嬌羞表情。

「那部電影成功將周起言推往了日韓兩國，打開了知名度，所以我內心有點不平衡，我的戲份明明也很重，沒想到卻只紅了他。」我開玩笑地說，引來兩人的大笑。

這件事也曾被媒體拿來奚落，例如用「樓有葳脫了，卻紅了周起言」之類的句子當新聞標題，當時我很難過被如此消遣，我願意背面全裸演出並不是爲了炒話題，而是配合劇情需求。

若非必要，公司不會同意讓我如此犧牲，我們都研究過劇本，那場戲對於男女主角而言是必要的，所以我們才會接受。

然而媒體卻輕易用這種譁眾取寵的說法來傷害我們，導致許多網友跟著起鬨，爲此我著實有些難受，但林姊不斷開導我，告訴我這種事未來一定還會發生，且可能只會更誇張。

同時，她也教會了我們如何快速改變風向，那便是自嘲。

池呈安率先實行，他轉貼了那部電影的預告片，還引用媒體下的標題「樓有葳脫了，卻紅了周起言」，然後在貼文中重複寫下「樓有葳脫了」，並搭配臉紅表符，「卻紅了周起言」則搭配火焰符號。

結果粉絲們再度暴動，跟著池呈安做了一樣的事，他們轉發預告片並配上同樣的標題和符號，隨後周起言也轉貼了預告片，內文則寫著「樓有葳對不起，承讓了」。

而接下來我只做了兩件事，首先是將周起言的發文轉貼到自己的限時動態，附上一個火焰符號，而後再轉貼池呈安的發文到限時動態，加上了「感謝」兩字。

於是一切就這麼圓滿解決了，此後只要有人提起，我們便會以自嘲的方式回應，讓整件事變得具有娛樂性，並使原本帶著貶意的新聞化爲對我們有利的宣傳。

「《青春佇留》這部電影造成了不小的轟動，其中最具討論度的當然是劇中的男女主角尚未成年，卻有一場不算隱晦的床戲，如此爭議性的內容播出後，雖然招來了一些抗議聲浪，卻不影響作品本身的良好評價。當然，我們最想聊的莫過於和周起言的那場對手戲，那時妳是怎麼看待的？」

點點的提問曾經也是眾多記者問過的問題，但是我想先把時間軸拉回去，回憶在美國的那段時光。

那一年我二十五歲，遇到了對我的人生來說，十分重要的兩件事。

第十章

吳雨錚老師不只寫好了〈我願為妳〉的歌詞，還連帶將ＭＶ腳本都寫完了。

對於林姊的人脈關係之佳，我總是嘖嘖稱奇，可是林姊卻說吳雨錚是位難搞的創作者，他不會因為誰去說情就接案，全憑個人喜好挑工作。

所以，能演出吳雨錚作品的任何藝人，都等同於通過了他的鑑定。得知這一點，我和池呈安更加覺得要表現出不愧對劇本的演技。

「不過這幾年來，和吳雨錚老師合作了這麼多次，我卻都沒親眼見過他本人，有點可惜。」我說，而池呈安驕傲地回應：「我見過喔。」

「你見過？什麼時候？為什麼？」我相當驚訝。

「前陣子公司尾牙的時候，柯總不是特地找妳說話嗎？」池呈安提起凡人的大老闆柯總。

「啊，是呀。」撇除早期因緣際會遇見柯總那次，池呈安大概早我一年被柯總欽點見面，特別給予鼓勵。

「那天吳雨錚老師也有來，只是他來匆匆去匆匆，沒來得及和妳打招呼。」

「什麼？吳雨錚老師長什麼樣子？」

「就是文弱書生的類型，很像國文老師，氣質非常好。」池呈安得意地形容著。

此時我們的車子正在前往倫巴底街的九曲花街路段，在那裡需要拍攝一個場景，是男女主角分手後，第一次在美國街頭巧遇。

「你們兩個好像很輕鬆呀。」抵達目的地，前座的林姊解開安全帶，並且回過頭，「我們在這邊下車，不是我要給你們壓力，但是場地都有拍攝時間的限制，沒辦法讓你們NG太多次。」林姊下車，來到後座的車門邊後，將門往左推開，「不過我也不必擔心你們會NG吧？」

「當然不必擔心。」池呈安一笑，下了車後轉頭朝我伸手，「地上有個落差，小心。」

我猶豫了一下，還是將手搭上他的手，「謝謝。」

對於他在飛機上說的那些話，我不是沒聽懂意思，可是我認爲只是氣氛使然，他才會那麼說。

拍攝的過程很順利，我們在場地租借時間到之前就結束拍攝，還順便拍了好幾張美麗的照片。下一個場景是漁人碼頭，也是周起言和我們相約會合的地方。

那裡的場景只需要我們兩人分別穿梭在街道上，欣賞海景與海獅即可，等周起言抵達時，我們也正巧拍完最後一 cut，多了一些自由活動的時間。

「在國外相遇還眞是浪漫呀！」周起言戴著太陽眼鏡，身穿深紅色襯衫與黃色長褲，高調的配色讓我想起初次見面時他的粉紅髮色。

「你有認眞工作吧？」林姊照例先問了工作情況。

「我已經完成了啦，林姊，拜託放過我吧！」他誇張地喊，惹來大家一陣笑。

「我是為你們好啊。」林姊看了下手錶，「你們還有一個半小時左右可以到處逛逛，等等記得回來這邊集合。」

「耶！萬歲！」第一個發出歡呼的是熊妍，她立刻放下工作器材，就要往我這跑來，卻被林姊阻止了。

「妳要去哪？」

「不是說可以逛逛嗎……」熊妍囁嚅地說。

「是他們三個，我們沒有休息時間好嗎？」林姊微笑，揪住熊妍的後領，「別忘了這一次要考核妳有沒有能力開始帶新人，別鬆懈了。」

「啊啊啊，遵命！」熊妍立正站好敬禮，然後哀怨地看我，「有葳，拜託妳連我的份一起玩了。」

我對她豎起大拇指，接著轉身對周起言和池呈安一笑，他們也笑了。我和池呈安算了算自己身上有多少美金後，決定要在這邊花掉一半。

「一半有點太多了吧，你們後面不是還有幾天假期嗎？」周起言疑惑地問。

「之後這樣悠閒花錢的機會可能不多，有道是出國前換的外幣不能再帶回臺灣，必須在當地花光光才是禮貌呀。」池呈安一本正經地亂說話。

「況且我覺得這邊完全有讓我們花掉一半的潛力。」我雙眼放光，「我不等你們了！」說完，我馬上往前衝，他們兩個拿我沒辦法，也追了上來。

我們先去漁人碼頭的代表標誌所在處拍照，標誌外觀是船舵造型，中央還有螃蟹的圖案。接著，池呈安提到酸麵包巧達濃湯是經典美食，於是我們去買了一份分食。濃湯以中間挖空的酸麵包盛裝，我們用麵包沾著湯吃，確實十分美味，可惜份量太大了，再加上湯沾完之後只剩下酸麵包，有點難以下嚥，於是我們拿著酸麵包來到甲板上，學其他人將酸麵包餵給海鷗。

期間周起言還抽空開了視訊，讓他女友看看甲板上的一隻隻海獅，以及滿天飛翔的海鷗，毫不避諱被池呈安瞧見。池呈安瞪大眼睛，隨即了然地說：「難怪一直以來我都不覺得周起言是個威脅，原來是因爲他有女朋友啊。」

一開始我以爲他說的威脅是指工作上，但加上後面的「女朋友」三個字，再配合池呈安意有所指看著我的表情，我頓時不知道該怎麼解讀這句話了，只能繼續將手中的酸麵包丟給絲毫不怕人的海鷗群。

「你們兩位，介意和我女友打聲招呼嗎？」周起言拿著手機來到我們身邊，他並沒有直接將鏡頭對著我們，而是先詢問我們的意願。

「當然不介意。」我率先說，池呈安也聳肩。

「謝謝。」周起言神情感激，將手機螢幕轉向我們。

「你、你們好！天啊，我沒想到能見到你們，我眞的很喜歡樓有葳妳，眞的眞的！」螢幕那一端是一名素顏的圓臉女孩，雖然這麼說不太禮貌，不過實在無法想像周起言這樣的男人，會跟一個如此樸素的女孩在一起。

尤其周起言身在如此絢爛的世界，他的周邊百花齊開，他怎麼能不動搖？而她又怎麼有辦法放心？

「哇，妳就是他女朋友呀？配他實在太可惜了。」池呈安拿下太陽眼鏡，對著鏡頭微笑。

「我也很喜歡你！我的國中學妹跟你同一所高中畢業，她看過你在成果展上自彈自唱的表演，她說那簡直是她見過最美好的演出，所以你被星探挖掘她一點也不意外！」周起言的女友說話速度很快，不過口齒清晰又不彆扭，是個很令人感到舒服的女孩。

我瞧見周起言的表情，他露出我在「藝人周起言」身上從來沒見過的溫柔微笑。

忽然間，我似乎明白了他們之間的情感基礎有多深厚，即使隔著一個海洋，依舊顯得如此穩固。

我感覺到手機在震動，於是說了句「抱歉」後離開鏡頭，是高立丞傳來訊息。他已經抵達舊金山了，說今晚可以等我們劇組吃完飯後，再與我見面。

我告訴他晚上我們會在卡斯楚用餐，若是他不覺得尷尬的話，歡迎來跟我們一起吃飯。這我當然先請示過林姊了，林姊再三確認這位朋友不會是什麼怪異粉絲後，便答應我了。只是高立丞已讀訊息許久，都沒有回覆我是否同行。

來到卡斯楚時，距離餐廳入席還有一點時間，所以我們又有了放風的機會，周起言表示既然來到這裡了，就必須去吃看看有六層顏色的彩虹蛋糕。

我問他蛋糕只是剛好做成六層顏色，還是有其他隱喻，結果換來池呈安和周起言不可思議的表情。

「卡斯楚是彩虹同志村，而且中間的十八街還是同志人權運動的發生地，是一個很有意義的地方，等等妳可以看到連斑馬線都是六色。」池呈安解釋。

而周起言則取笑我：「看來有葳完全沒有做過功課耶！」

「我忙著背臺詞！」我紅起臉。

「那這次不會NG了嗎？」池呈安壞笑，我頓時語塞。

在前往「The Castro Fountain」這家有著復古招牌的蛋糕店路上，我們遇見了許多同性情侶。他們自在地牽著手走在大街上，這舉動對異性戀來說稀鬆平常，不知爲何卻讓我有點想哭。

「你們對同性戀有什麼看法？」我看著眼前兩位正在點餐的男生。

池呈安只是聳肩，指了下由六層香草奶油蛋糕堆疊出的 **Rainbow Cake**，然後伸出手比了個「2」，美麗的服務生微笑點頭。

「我們都在這裡了，妳覺得呢？」周起言一副我問了什麼怪問題的表情。

也是，相愛是不分性別的。

Rainbow Cake 在窗邊的桌面上顯得美麗至極，我拍了幾張傳給熊妍讓她望梅止渴，也順便傳給高立丞，想告訴他我已經抵達卡斯楚。

而這一次他也很快已讀，隨即反問我：「妳知道這是什麼意思嗎？」

「什麼？蛋糕嗎？」

「妳拍是因爲覺得漂亮，還是知道背後的意思？」

「漂亮、好吃，同時也知道意思。」這麼回應他後，我又傳了個比讚的貼圖。

又過了好久，等我們三人都吃完蛋糕，高立丞才回訊：「晚上我會帶朋友一起去餐廳。」

直到見到高立丞，我才終於明白他先前爲什麼已讀不回，同時他所帶來的朋友還令我間接實現了兒時的願望。

當我們和一群工作人員在餐廳享用啤酒和海鮮時，一位帥氣的高壯青年帶著一名高大黝黑的男人踏入店裡，我瞥了一眼，以爲是對有年齡差的同志情侶，並沒有多加注意。

「樓有葳，好久不見！」但是那位青年喊出了我的名字。

手一鬆，手裡的蟹腳掉到桌面，我震驚地看著肌肉發達的青年。

「高立丞？」

「就是我啊！認不出來了吧！」他滿意地大笑，用力拍了一下他身旁的男人，「這是我男朋友。」

我張著嘴，沒能立即反應，而後趕緊拿起溼紙巾擦乾淨我因大啖美食而弄髒的手，要與那個看起來年紀比我們大上不少的男人握手。

男人的雙眼炯炯有神，顯得正直無比，五官雖深邃，但並不是外國人。

「我是高立丞的國高中同學，你好。」我開口自我介紹。

男人露出豪爽的笑容，「我知道妳，樓有葳，還有池呈安、周起言。」他向我們三人打招呼，目光銳利，這讓我們頓時警戒起來。

我們都見過類似的眼神，這在某些老練或資深的記者身上可以看到，他們打量或審視我們的時候，就是這種眼神。我下意識要往後退，池呈安和周起言跟著放下酒杯起身。

見狀，高立丞大笑出聲，男人也笑著鬆開我的手。

「他現在已經不是記者了，你們不用擔心。」高立丞出言緩頰，然後看向男人並嘖嘖稱奇，「沒想到眞的如你所說的那樣。」

男人挑起眉毛，轉頭看向高立丞，我這才發現他的右邊臉頰至脖子有條陳年傷疤。

「眞正厲害的藝人與記者，能在目光交會的瞬間明白對方的斤兩，即便離開業界很久，我也能從你們三個身上感受到前所未有的明星氣場。還眞是懷念呀，就和年輕時的姬雪一樣。」男人的話使我睜大眼睛，正想多問時，坐在別桌的林姊聽到了騷動，見我們桌邊站著兩個人，她便過來關切。

「是有葳的朋友到了嗎……」她頓了一下，和男人毫不意外的笑吟吟模樣形成對比，林姊的表情極爲驚訝，「彼得？」

「好久不見了呀，小林，現在妳應該被稱呼爲林姊了吧？」

「天啊！」林姊和名爲彼得的男人互相擁抱，這下子，換我們幾個目瞪口呆了。

事後林姊告訴我們，彼得在二十年前是非常知名的記者，他不畏強權和財團，揭發了許多醜聞，若要說怎樣叫做眞正的記者，報導眞實新聞且不過度渲染的彼得當之無愧。

只是後來他由於個人因素，永遠退出了媒體圈。

「我聽說你在教課？」林姊與彼得寒暄著，而高立丞在我們這桌坐下。

「彼得是我們以前自學時的老師。」他輕易帶過了那段過去，但我明白了，那就是他們擁有小品的過去，「他不是我男朋友，我只是想開個玩笑。」高立丞邊說邊瞥了我一眼，「看看妳的反應。」

他不會無緣無故開這種玩笑，此刻我才明白爲何得知我來到卡斯楚後，高立丞會問那樣的問題，所以我笑著對他眞誠地說：「下次有了眞正的男朋友再帶給我看吧。」

聞言，高立丞露出如釋重負的笑容。

他提到自己因緣際會在大學攝影展的參展照片中，發現了彼得的作品，於是雙方斷了好幾年的緣分就這麼再次接上。

林姊和彼得似乎聊得很開心，工作人員們或多或少都聽過彼得的名字，而池呈安迅速上網搜尋了資訊，隨即告訴我們彼得是記者圈的傳奇。

「高立丞，你變得好瘦。」整張臉紅通通的熊妍拿著啤酒過來，上下打量高立丞，「你眞的是高立丞嗎？」

「我眞不敢相信本來說要當律師的妳，現在居然會變成經紀公司的助理。」高立丞調侃她。

「律師界這座小廟容不了我這尊大佛。」熊妍邊說邊翻白眼，還打了個嗝。

「妳喝太醉了，明天還要拍攝耶。」我提醒熊妍，她卻拿走我桌上的啤酒。

「我沒關係，可是你們不能喝，要是明天水腫怎麼辦？」她邊說邊飛快喝掉我們三個的啤酒。

「還眞有經紀人的架勢。」高立丞吹口哨。

「等等，我又沒工作，幹麼喝我的啦！」周起言抗議。

「不管，就是不行！」熊妍開始發酒瘋。

「妳乖，我們先去外面冷靜一下。」高立丞無奈地將她扛起，把人帶出了餐廳。

「有葳。」他們前腳才離開，後腳林姊就和彼得來到我旁邊，「我記得妳說過妳一直想見姬雪，對吧？」

我點點頭。

「彼得以前曾經貼身採訪過姬雪一段時間，即便是現在，他可能也有辦法找到姬雪，或是聯絡到姬雪。」林姊的話讓我的心臟猛烈跳動。

「我先聲明，我已經好一陣子沒有姬雪的消息了，但……」彼得瞄了眼餐廳外頭，高立丞和熊妍在那拉拉扯扯，「但我現在相信緣分不會說斷就斷，只是還沒到重新接續的時候，所以我想我總有一天會見到姬雪的。」

「這大概是唯一的機會了，我建議妳如果想見姬雪，也許可以寫一封信，讓彼得幫妳轉交給她，如果未來彼得眞能見到她的話。」林姊補充。

「我相信有機會的，妳放心把這件事交給我吧，我不會偷看信件內容，也不會對外洩漏有葳想找姬雪的消息。」

奇怪的是，我明明是第一次見到彼得，卻覺得自己可以相信他。

「好，我現在馬上寫，還請一定要幫我轉交給她。」

「沒問題。」彼得微笑。

由於高立丞和彼得等等就會離開，所以我立刻向服務生借了紙筆，然後離開餐廳來到外頭的街道，找了個安靜的地方寫下這些年來對姬雪的感激與崇拜。

可是我重寫了好幾張紙都不甚滿意，一想到這是唯一的機會，我便緊張不已。

想著姬雪一路走來的成就與辛酸，以及如今必須隱姓埋名生活的處境，我的心中不禁一陣酸楚。我深吸一口氣，認為與其告訴她自己有多喜歡她、如何受到她的啟發而踏上同樣的路，不如寫下心中最眞摯的感受。

在卡斯楚的街道上寫完這封信，似乎更加別具意義。

「妳寫好了嗎？」池呈安的聲音忽然從一旁傳來，嚇了我一跳。他不知何時坐在旁邊的長椅上，我居然沒有發現。

「好了。」我將稱不上是信的紙張對折，放進口袋中，「你怎麼出來了？」

「這麼晚了，妳一個東方女性獨自待在街上，總是不安全。」他輕描淡寫地說，來到我身旁坐下。

「謝謝你。」我再次感受到不自在，心跳頓時加速，「我們可以回去了。」我趕緊起身，他卻拉住我的手腕，抬起下巴示意了一下夜空。

我跟著抬頭，明亮的滿月映入眼簾。

「好圓的月亮。」

「都說外國的月亮比較圓，妳覺得呢？」他施力拉著我的手，逼我坐回原位。

「還好吧，月亮都是一樣的，差別只在……」我停頓了下，池呈安鬆開手，視線落回我的身上。

「差別只在？」

「差別只在看的人是什麼心態。」我與他對視，「池呈安，你怎麼能確定你不是一廂情願？」

「我就是能確定。」他篤定地說。

「那你又怎麼能確定，你不是搞錯了？你因爲林姊的策略、因爲我們太常合作、因爲粉絲們起鬨配對，而搞混了自己的情感。」

他沉思了一會，望了眼天空上的月亮，又看了我，把手放在下巴上撐著頭，「周起言的女朋友說過吧，我是在高中的成果展上被發掘的。」

「啊？」

「我當時會在臺上自彈自唱，是爲了一個女生。」他自顧自地講起高中時代的事，「她是和我同社團的同學，非常會彈吉他，也很會唱歌，我當時覺得她好酷，怎麼有一個女生能這麼厲害？所以我就問她願不願意和我交往，而她說等我能夠自彈自唱的時候，她才會答應跟我交往。我認爲這很有挑戰性，畢竟我當時連吉他的指法都不懂，於是爲了讓她刮目相看，我練習了快一年，最後完成了成果展上那場被學弟妹們稱爲傳奇的演出。」

「你不是說你沒有和人交往過？」

「對，這就是重點。」他歪頭，神情略帶歉意，「當我完成這件事情，她笑著告訴我『那我們交往吧』的時候，我忽然疑惑起自己爲什麼要跟她交往。當初我這麼說好像只是開玩笑的，我之所以努力去達成她提出的條件，並不是眞的想要跟她交往，而只是因爲感覺有挑戰性。」

「哇……」

「她哭得很慘，說我騙了她，但我騙她什麼了？」池呈安是眞的不解，「對我來說，那時候的狀況才叫做搞錯，然而對妳並不是。」他再次注視我，在這樣的氣氛下，他的氣息如此危險。

「那你怎麼能確定，我就不是搞錯了？也許被影響的是我，也許走不出角色的是我，你以爲你沒有一廂情願，可那些情感或許都不是眞的。」我激動地說，池呈安卻笑開了。

「妳知道嗎，妳這番話的前提是，妳已經確定自己對我有『喜歡』的感覺。」

我瞬間紅了臉，立刻站起來想要逃，事實上，我確實邁開腳步跑了，沒想到池呈安很快追上我，一把將我拉住並順勢轉了一圈，推到了一旁店家的牆邊。

周遭行人見了這幕都吹起口哨，我驚慌地想逃離被他困住的窘境，雙手推著他厚實的肩膀，卻徒勞無功，「要是有記者……」

「那就說我們是在練習。」說完，他不管這裡是什麼地方、附近有多少人，便吻上了我的唇。

這不是在拍戲，也不是在練習，沒有攝影機也沒有我們的經紀人，只有異國的街道與音樂聲，還有一群不認識我們卻拍手叫好的外國人。

✦

姬雪前輩您好：

突然寫了這封信給您，您一定很驚訝。

我有千言萬語想對您說，可是當眞的要說的時候，卻發現那些都沒有意義。

我想，我最想告訴您的是，無論外界怎麼議論您，無論您如何覺得自己不值得，無論您現在有沒有後悔，我都想告訴您，有個小女孩曾經因爲您的關係，而成爲了現在的樓有葳。

我永遠都會支持您，站在您那邊。

希望我能像您這麼勇敢，即便自己做出的某些行爲可能是外界所無法理解的，我也希望能不愧對自己。

這才是我最想跟您說的話。

謝謝您。

樓有葳

第十一章

後來，熊妍順利成爲了正式經紀人，也帶了幾位新人，最近還開始和林姊輪流負責關於我的業務。

高立丞回臺灣後，便和殷硯以及余潔見了面，他提到殷硯已經成爲獨當一面的編輯，因此有時如果我去書店看到米原出版的書籍，會特意翻到最後面的版權頁，看看負責的編輯是不是殷硯。

我越來越忙碌，殷硯也是，我們本來就不常見面，現在連聯絡都少了。

其實我們大概都在等對方先開口，然而卻沒人說得出口——不，殷硯曾經想說，但被我制止了。

所以現在，我又有什麼資格開口？畢竟我做了……壞事。

「樓有葳，不妙了。」臉色慘白的周起言走過來，我趕緊將手機螢幕關閉。

「什麼不妙？」

「妳知道我們接下來要合拍電影吧？」

「是啊，林姊接的。怎麼了？」這有什麼好驚訝的？

「妳看過劇本了嗎？」

「看過了。」就是穿越劇，最後虐心收場。

「那妳一定不知道導演增加了什麼劇情！」他翻開他手上的白色本子，我的確不知道，所以靠了過去，結果看到了相當煽情的床戲橋段。

「哇……」

「妳的感想只有『哇』？」他不敢置信，「我們應該向林姊抗議，要求取消這段才對。」

「可是加上這一段，我覺得整體劇情會更合理，不然無法說服觀眾最後女主角為何那樣選擇。」我認眞地說。

「這……是沒錯，但是……」他東張西望，「我有女朋友。」

「你不是說，你們兩個的感情好到不會有問題？」我調侃他。

「沒錯，不過……接吻或是做做樣子的床戲都還好，可是妳看看這裡，上面寫著要摸胸部欸！」他指著劇本中某個括弧裡的文字。

「哈哈哈哈！」不知為何，周起言這樣的反應讓我感到特別好笑。

「笑屁啊！妳不介意？」

「還好啊，請拿出專業好嗎？」我拍了拍他的肩膀，並且搖頭。

「你們在討論什麼？」剛和廠商開完會的池呈安經過會議室，見到我們便走了進來。

「呈安，你快來評評理。」周起言把剛才的話又說了一次，池呈安一聽到「女朋友」三個字，便關上了會議室的門。

「隔牆有耳，講這種私事先把門關好吧。」他提醒周起言，接著說出跟我差不多的話，「我覺得這是工作，所以沒關係，你女友也會體諒的吧。」

「你！樓有葳被我抓胸部你也不在意嗎！」得不到認同，周起言忍不住扯著頭髮。

「什麼抓胸部，你講得很猥褻……」池呈安頓了一下，微微張大眼睛，「你怎麼會這麼問？」

我也被周起言的話嚇到了，結果周起言理所當然地說：「你們不是在交往嗎？」

「我們？」池呈安皺眉，然後看了我一眼，「有嗎？」

「沒有！」我趕緊否認，「你哪來的幻想？」

「沒有嗎？啊，那個不重要啦，總之如果真的要拍這場戲，有葳，我希望妳能先跟我女友溝通一下。」周起言完全只顧自己的事。

我不敢看池呈安，深怕我的眼神會出賣我的內心，不過我隱隱發現池呈安似乎也不敢看我，而周起言自顧自地撥了電話，他的女友很快接起，他按下擴音後馬上說：「寶貝，我跟妳說，林姊幫我接了電影，必須跟樓有葳拍床戲，妳可以接受嗎？」

「啊？可以呀。」他女友的回答讓我和池呈安噗哧一笑，周起言的臉頓時垮下來。

「原來在意的就只有我嗎……」說完，他將手機塞給我，沮喪地走出會議室。

「他在演戲嗎？」我問池呈安，他聳肩，隨即追著周起言出去，不忘帶上門。

「那個……不好意思。」手機傳來聲音，我這才注意到他女友還沒掛斷，幸好這一次不是視訊，只是電話，我連忙關閉了擴音，將手機放到耳邊。

「我是樓有葳，周起言他不知道怎麼了，把他的手機給我就離開了，看起來很傷

心。」我笑著，電話那頭的她也笑了。

我對周起言的女友印象深刻，她和周起言的狀況和我跟殷硯很像，可是為什麼我跟殷硯跨不過去的檻，對她和周起言來說卻好像不成問題？

「妳……真的不在意？」於是，我興起了和她聊聊的念頭。能和周起言這樣的男人談這麼久的戀愛，忍受關係無法公開這麼多年，我相信她不是那種八卦的女性。

「妳是說，對於他和眾多漂亮的女明星往來，以及他身處那樣的世界嗎？」她的嗓音依舊帶著笑意，「要說完全不在意就太虛偽了，我不是聖人，我只是比較理性，即使在意也無法改變任何事，我唯一該學會的，叫做信任。」

「但信任很難，而且有時候也不是信不信任的問題。」我拿著手機坐下來。

「那就是愛不愛的問題了。」她乾脆地說，「我和起言算是青梅竹馬，我們從國小就認識，而我國中時向他告白，可是他沒有接受。有葳妳上次透過視訊見過我，應該明白我並不是多亮眼的女生，和起言配在一起，我就像女僕一樣。」

「別這麼說自己。」

「我一定得這麼說自己，我先說了，別人就不會說了。」她又笑了，我想起視訊畫面裡她那清秀的臉龐，「直到高中，起言才終於接受我，我喜歡他很久很久，他也觀察我很久很久，我們之間應該早就不存在信任的問題。」

「當然，我也隨時都在為自己做心理建設，假如某天他要走了，我就會讓他走，我要當一個即便再愛一個男人，都活得有尊嚴的女人。我想，這就是我對這段感情能如此放心的原因吧，我不怕失去，也不怕改變。」

我摀住自己的嘴，忍著不洩露出哽咽。

我跟殷硯之間最大的問題，恐怕是最初我們的感情基礎就並不深厚。

「跟妳說這些話好害羞，就先講到這裡吧。我會期待你們的電影，我好想看看他跟別人上床會是什麼表情。」當她說這番話的時候，周起言和池呈安正好回到會議室，雖然我沒開擴音，他們依舊能夠聽見，池呈安頓時爆笑出聲，周起言的臉色則是更白了，我也因為他女友的語出驚人而笑了起來。

我曾經看著某個人心想，他是天生的明星，或者他是天生的王者；而跟周起言的女友聊過之後，我發現還有一種人天生就是王者的女人。

唯有具備如此氣度，才能成爲周起言的女友。

「我們給他們一點空間吧。」池呈安邊笑邊和我一起走出會議室，我們來到公司的茶水間。裡頭沒有其他人在，我泡了杯咖啡，而池呈安忽然兩手撐在桌緣，將我困在他的臂彎之中。

「你、你做什麼？」我驚慌，但手裡捧著咖啡，我沒辦法脫離他的懷抱。

「練習。」他低聲說，傾身將額頭貼在我的肩膀上。

「池呈安，你不要這樣，我有……」

「嗯嗯，我知道，所以不用說。」他悶著聲音，「一下下就好，我今天好累。」

我咬著下唇，注視著咖啡表面的模糊倒影，明白自己的臉一定非常紅。

同時，我又厭惡這樣的自己，我不該縱容池呈安，我應該先處理和殷硯的關係。

但我和殷硯像是在交往嗎？

我們多久沒見面、多久沒聯絡了？

頂多傳訊息說晚安、好累、我很忙之類，比公司同事還要生疏，這樣的我們，到底在撐什麼？

撐著不想當第一個開口的壞人？

那我跟池呈安這樣又算什麼？我已經是壞人了，不是嗎？

「其實說完全不在意是不可能的。」他忽然低語。

「什麼？」我轉過頭，卻意識到自己和他的臉靠得太近，他深邃的雙眼凝視著我。

「在意妳和周起言的床戲，在意所有和妳合作的男藝人，但同時……我又何必在意那些假的？只有殷硯是真的。」我從他的眼底看見了不甘與受傷，「樓有葳，妳在等什麼？」

「我沒有在等什麼……」我垂下眸光，「我沒有答應你任何事，你也不該在我尚未釐清之前，對我做出那種事……」

「妳沒有拒絕，妳從來都可以推開我，就像現在。」他忽然低頭吻住我，我嚇了一大跳，下意識往後退，咖啡因此灑到了地面，馬克杯也摔落到地上，應聲而破。

「你瘋了？池呈安！這裡是公司！」我驚慌地喊，趕緊四下張望，還好沒有其他人經過。

「妳瞧，妳是可以推開我的。」他雙手垂在身側，咖啡在他的白色上衣留下一整片汙漬。

「池呈安……」

他彎下身撿拾馬克杯的碎片，我立刻拉住他，「不要撿，我去拿掃把。」

「也許妳沒有自覺，或者說是我瘋了也好，我已經沒有辦法繼續這樣跟妳相處，卻裝作什麼都不知情。如果是工作上，我可以，可如果是私底下，我快做不到了。」他輕輕拉開我的手，起身朝外走。

「天啊，呈安你怎麼了？」公司其他人正好開完會離開大會議室，熊妍和走出茶水間的池呈安撞個正著，被他狼狽的模樣嚇到了。

「沒什麼啦，我鬧了有葳一下，結果打翻了咖啡，我要去拿掃把。」他馬上轉換表情，笑得親切又調皮。

熊妍轉過頭看蹲在地上的我，我卻無法和池呈安一樣迅速掩飾好情緒。

「你等等不是還有直播嗎？我來處理就好，你快去換衣服吧。」熊妍對池呈安說，池呈安點點頭，並沒有回頭多瞧我一眼便離開了。

我顫抖著手撿拾一塊塊碎片，眼淚不斷流出。

熊妍也來到我身旁，她蹲下身後只是拍拍我的肩膀，靜靜地陪伴我。

「殷硯，我是有葳。」我站在旋轉木馬前方，拿下了墨鏡環顧周遭，現在天色剛亮，遊樂園要中午才會開門，我和周起言正在這裡拍攝電影。

「怎麼這麼早？」雖說早，但殷硯的聲音聽起來很清醒，多半也早就起床了，他似乎很訝異我會打給他。

「好久沒和你們見面了，有沒有空，今天來遊樂園？」我問。

「遊樂園？」殷硯的語氣更加驚訝。

「對，你和余潔、高立丞有空嗎？」我頓了下，「一定要有空，我只有今天有空了。」

他猶豫了一會，「妳是在那邊拍戲嗎？」

「沒錯，我大概有一個小時的空檔。」我告訴他休息的時間，「請你們一定要過來，我想見見他們，然後，我有話想跟你聊。」

「……好。」

✦ ✦

「《青春佇留》的經典畫面，大概就是遊樂園的那場戲了，妳和周起言終於明白將你們兩個綁在一塊的不是愛情，而是青春時期割捨不了的遺憾。眞的需要有點人生歷練，看了這部電影才會感動，正處於青春時期的學生們可能難以理解吧。」點點說著感想。

「沒錯，有些戲劇和小說，十五歲時看跟二十五歲時看是完全不一樣的感覺，每個年齡都有適合自己的故事。」滴滴也附和。

「那關於床戲的部分……」

果然，他們還是回到了這個話題。

「周起言他個人有道跨不去的檻，所以導演希望他手放哪裡他都不放，大家一直認爲那場床戲煽情，可是如果仔細看，就會發現他碰過最多次的地方，是我的頸肩、頭髮與臉龐，從頭到尾他都只是用深情的目光注視我，最多在那幾個地方落下親吻而已。但光憑這些，觀眾自然就會腦補一切，畢竟有什麼碰觸比得上充滿愛意的目光呢？」

那場床戲，周起言確實從頭到尾只盯著我的眼睛瞧，不時吻我的臉龐和眼皮，以及頸肩與指尖，可他就是不肯依照導演說的，把手放到我的胸部或腿上。

他不知道，其實女性對於眼神的交會更加敏感，被他那樣凝視著，遠比他碰觸我任何地方還更令人害羞，不過也多虧如此，那場床戲被稱爲經典。

然而同時我也發現，無論周起言如何凝視、碰觸甚至親吻我，我都不會像與池呈安演對手戲那樣NG連連，也不會被他盯得心亂如麻或是出神。

所以，我才會打電話給殷硯。

我要告訴他，我們是不是早就該放過彼此了？

我能料想到他會覺得我自私，這麼多年來，我一直要他配合我，最後卻喜歡上別人而輕易選擇和他分開，我自認已經做好被他責怪的心理準備了，畢竟再拖下去，最後我們只會傷得更重。

也許，在我第一次意識到我們已經漸行漸遠的時候，就該提出分手。不，也許更早一點，在我明白自己只是小品的替代品時，就不該和他在一起，當我找到小品時，也應該告訴他。

我摀住自己的臉。無論如何，我們都回不到過去，我也沒辦法彌補自己這算是移情別戀的行爲。

即使如此，當看見殷硯和余潔、高立丞出現在面前時，我依然下定了決心要告訴他。

殷硯穿著藍色短袖襯衫和長褲，臉上的淺笑帶著距離感，靜靜地站在一旁，並不如余潔和高立丞奔向我那般熱烈。

「好久不見。」他對我說。

「好久不見。」我回他一個微笑。他好像哪裡不一樣了，又好像沒有哪裡不一樣。

「你們在拍戲，我們這樣過來會不會打擾？」

「可是沒有管制耶，一般遊客還是可以進來？」

余潔和高立丞接連發問，雖然許久未見，而我和余潔的關係也無法回到從前了，不過我們總歸是朋友。

「我們都拍完了，有葳的下一個通告是兩小時後，所以我們只能在這邊待一小時，等等就要離開了。」熊妍在一旁解釋。

「沒想到妳還真有經紀人的架式。」余潔調侃，而熊妍已經不會像國中時那樣立即回嘴，或許也是因爲這個行業讓她變得成熟了。

「那我們去逛一逛，跟以前一樣當你們的煙幕彈，你們快去走走吧。」余潔推了殷硯，也推了我，但我從她的眼神看到了一絲閃躲。

「我們去搭摩天輪好嗎？」我邀請殷硯，他抬頭望了一眼，點點頭。

「這裡的摩天輪是不是有什麼點燈傳說？」高立烝問，熊妍說是如果情侶在摩天輪升到最高處時看見遊樂園點燈，就會永遠幸福快樂。

現在還不到點燈的時刻，我也不是希望我們能永遠幸福快樂才邀請殷硯，我只是單純認爲摩天輪是密閉空間，又能有較長的時間獨處，這樣我們比較能好好說話。

於是，我們踏進了摩天輪車廂，我用外套與帽子避過了服務人員的目光，直到車廂升至服務人員看不清楚我的臉的高度，我才拿掉帽子。

「妳總是這麼辛苦嗎？」殷硯坐在我的對面，雙手交疊放在膝蓋上，明明人在這裡，卻好像不在這裡。

「嗯。」我將帽子放到一旁，摩天輪搭乘一次大約二十分鐘，我必須在這段時間內，告訴殷硯我的想法。

然而事到如今，我卻不曉得該怎麼說了。

我和殷硯都只是望著窗外，當車廂來到最高點後，他終於率先開口：「有葳，我最近帶了一個很紅的新人作家。」

「喔……是嗎？恭喜你。」我也不明白自己在恭喜什麼。

「她叫做姬方。」我不知道殷硯爲什麼要提到這個人，他欲言又止，我想聽他說，思緒卻飄到了國中時期。

「殷硯，你記得國中時，我們曾經寫過一篇作文，題目是寫給十五年後的自己嗎？」

「記得。」

「那你記得你寫了什麼嗎？」

「記得。」

「你寫了什麼？」

「……我希望，十五年後，我已經找到小品了。」

這句話直擊我的心臟，卻沒有令我感到疼痛，只有悵然與心安。

「我寫的是，希望十五年後，我已經是一個大明星了。」

「嗯。」他抬頭，我們兩個終於能與彼此對視。

「殷硯，我們……都不在彼此的十五年後。」

「……嗯。」

說著，我的眼眶溼了。

眼前的殷硯陪我度過了十四歲、十五歲、十六、十七、十八……我看過少年時期的他，和他攜手走過的點點滴滴如此眞切，讓人難以忘懷。我曾在他的懷中開懷大笑，也曾爲他魂牽夢縈，曾爲他心痛，也爲他哭泣。

當年的我一定從來沒想過，有一天，後來的他會變得如此陌生。也一定從來沒想過，後來的我，會喜歡上了別人。

「我們爲什麼……還不說出那句話呢？」我掉下眼淚，見到了殷硯眼中的脆弱與不捨。

但同時，他的眼神裡也已經沒有了愛。

「我……」

「謝謝搭乘，請小心腳步——」

服務人員的聲音冷不防從後方傳來，我這才發現車廂即將重新降落回地面了，於是趕緊擦掉眼淚並戴上帽子。

下了摩天輪，剛才沒說完的話也暫時說不出口了。熊妍急匆匆地表示時間已經快來不及，她向大家道歉，並拉著我要走，我注意到余潔的臉色比先前難看許多。

她朝我擠出勉強的微笑，而殷硯面無表情站在那裡目送我。與當年不同，如今的他不會躲起來等待我，然後親吻我，現在的我也不需要他那麼做了。

我們爲什麼都說不出那句話呢？

爲什麼當時我要逼他不能說出那句話呢？

我們分手吧。

「有葳，我這麼問妳不要介意……進入這家公司工作後，我更加明白了藝人有許多無奈，但同時我也發現，有時候妳並不是眞的那麼忙碌。」在走向遊樂場的大門時，熊妍見我眼眶發紅，便拿出衛生紙給我，「妳跟殷硯，還好嗎？」

我搖頭，用力搖頭。

不好，一直都不好，不好很久了。

「那爲什麼你們不選擇放過彼此？」熊妍的提議是最實際的辦法，可是我曾強迫殷硯用妹妹的名字發誓，又咄咄逼人地不讓他離開。

如今我卻因爲喜歡上了別人，就要跟殷硯分手。

我逼他、不准他走，卻一邊發展自己的事業，最後移情別戀。

我太自私、太過分，在緊要關頭又說不出該說的話，我眞是最糟糕的人。

將這些事情一股腦兒地告訴熊妍後，她張大眼睛，震驚不已，那錯愕的程度遠遠超出我的預期，所以我問她怎麼了。

「妳……妳不曉得嗎？殷硯他……」熊妍欲言又止。

「他怎麼了？妳快說。」

「殷硯的妹妹……過世很久了啊。」熊妍滿臉不可思議，「妳不曉得？」

宛如晴天霹靂，我愣住，「我、我不曉得，這是什麼時候的事？妳什麼時候得知的？」

熊妍都知道的事情，我卻不知道？

「就是……大學的時候，某次殷硯生日，我和余潔約他出來吃飯，然後在和他搶著結帳時，看見他的皮夾裡有張照片，是一個小女孩，我一問才知道是他妹妹，然後我又多問了他妹妹的事，他才說妹妹已經過世了……在他國中轉學過來以前，他妹妹就過世了。有葳，妳不曉得？妳還讓他用妹妹的名字發誓？」

我無法克制自己的顫抖。

我做了什麼？我對殷硯做了什麼？

殷硯為什麼從來不跟我說？

不，我有問過嗎？

有一次他曾經拒絕我的邀約，就是因為那天是他妹妹重要的日子，而我竟然連問都沒問。我始終認為他不在乎我，而我又眞的在乎過他嗎？

在工作與殷硯之間，好幾次，我都毫不猶豫地選擇了工作。

這一點，殷硯肯定也明白，我們之所以會牽扯這麼久，完全是因為我們彼此都不眞的那麼愛對方，他只是為了更重要的人而遵守誓言。

我大哭起來，讓熊妍還費心幫我準備冰敷袋敷眼睛，以免等等拍雜誌紅腫著雙眼。

到了現場，我發現池呈安也在隔壁棚拍攝品牌宣傳照，我們在正要進休息室時在走廊巧遇。他先是露出身為藝人的職業微笑，看見我的眼睛後卻頓了下，「小熊，妳可以去幫我拿一下行動電源嗎？我好像放在那邊的休息室了。」

「沒問題，那有葳妳快點進休息室準備，呈安，你在這裡等我。」熊妍不疑有他，就這樣被支開，而我打開休息室的門，池呈安不意外地跟著我進來。

「妳的眼睛怎麼了？」他立刻冷了聲音，我從化妝臺的鏡子見到他表情不甚愉快，「今天早上的行程不是電影拍攝嗎？」

「我抽空和殷硯見面了。」我說，池呈安瞪大眼睛。

「所以你們分手了？」

我知道這是他的希望。

「還沒。」

我以為我這麼說，池呈安又會生氣，可是他卻衝過來擁抱我，讓我整個人往後撞到了牆壁。

「妳說還沒，表示妳會和他分手。」他像小狗似的在我的頸邊磨蹭。

我……好像壞人一樣。

在得知殷硯妹妹早已過世的事實後，我竟還能去冷靜思考，和殷硯分手以後，我就會和池呈安在一起。

我沒辦法發自真心高興，卻也不是不高興，畢竟如果維持現狀，最後所有人都會被我傷害。

休息室的門驀地被打開，我和池呈安都嚇了一跳，熊妍目瞪口呆的模樣令我永生難忘，而她飛快地關上了門。

「你們在做什麼？」她壓低聲音，神色慌張，「難道你們……在談戀愛？」

「不是。」池呈安已經恢復鎮定，「妳怎麼這麼快？」

「我遇到其他工作人員，他們說那邊的休息室裡沒有遺落的東西……所以剛才是怎麼回事？」熊妍不敢置信。

「我看有葳的眼睛腫腫的，問她是不是哭了，然後不小心跌倒……」

「不要跟我打哈哈，池呈安，我是有葳的經紀人，同時也是她的朋友，她有殷硯……等一下，難道就是因爲這樣，所以有葳妳才……」熊妍頓時把所有事情接上了，她摀住自己的嘴，「是我想的那樣嗎？」

我咬著唇，不曉得該如何解釋，無論怎麼說，都是藉口。

「我不確定妳是怎麼想的，而不管我怎麼說，妳都會有妳的想法，總之就是……我和殷硯之間很早就該結束……然後我和池呈安之間，很早就該開始。」

我第一次見到熊妍眼中流露出對我這個朋友的鄙視，雖然只有一瞬間，但她在那一瞬間，認爲我是水性楊花的女人。

「是我逼她的。」池呈安站到我與熊妍的中間，「不過，這些私事都不該影響到公事，身爲經紀人的妳應該明白。」

「……快點準備，然後你也快點離開。」熊妍打開休息室的門，池呈安回頭望了我一眼，露出溫暖的笑容，彷彿就算天塌下來，都會有他擋著。

熊妍爲此氣了三天，即便如此，她還是把工作處理得很好。

第三天的時候，她告訴我，無論如何她都還是我的朋友，所以她不會評斷這一切。

「因爲是你們的朋友，所以我沒辦法接受談了這麼久戀愛的你們，會走上這條路。但也正因爲我是你們的朋友，明白你們早就貌合神離，所以我不探究造成這個結果的原因是什麼，沒有什麼事物是永遠不會改變的。」她伸手擁抱我，「若要不變，只求我們不變。」

我也回抱住熊妍，她的話給了我動力。

在某個提早收工的夜晚，我撥了電話給殷硯，心想這或許是我們最後一次這樣通電話了。

「……喂？」他的聲音沙啞，我們都明白這通電話代表什麼。

「你好嗎？」

「嗯，妳最近越來越厲害了。也越來越忙了。」

「事實上是，我們都很忙。」我扯了扯嘴角，「所以……爲什麼我們都還不說出那句話呢？」

那天沒說完的話，爲什麼我們都還不說？

「我答應過妳……」他吐出這句話。

「我們當時都太年輕了，不知道有些事並沒有我們想的那麼簡單，也不知道……」我深吸一口氣，「也不知道自己眞正的想法。」

他沒有反駁。

「那爲什麼，我們都還不說呢？」

「對不起……」

「我們可以分手了，殷硯。」

他在電話那頭沉默了許久，此刻他的心情肯定和我一樣複雜，不能說不難過，也不能說不開心，更不能說沒感受到解脫。

什麼時候，我們之間的諾言，成了束縛彼此的枷鎖？

「有葳，對不起……」

「爲什麼要道歉？該道歉的是我，我一直以來都強迫你配合我，是我的不對。」我還逼著你用死去的妹妹的名字發誓——但此刻，我不需要再提這點了，這只會讓我們的罪惡感都更深。

「不是的，對不起……」殷硯的道歉令我更加心虛，也更心煩意亂。

「殷硯，你不要道歉，拜託你不要道歉。」

「那天在摩天輪上，我沒說完的話是……有葳，我找到小品了。」

「你……你找到小品了？」我握著手機的手發抖起來。他找到小品了？什麼時候？過去在洛大的小品，離他這麼近的小品，他在什麼時候找到了？

「她是我現在負責的作家，就是姬方……」

我總算明白了他爲何道歉。原來，他終於見到朝思暮想的小品了。

殷硯說起他們是如何先透過電子郵件通信好一段時間，接著他和余潔、高立丞又是如何戲劇性地一起在出版社和小品重逢，我頓時覺得世界上眞的有緣分這種事。

即便大學那時我沒把小品的下落告訴殷硯，這麼多年後，他們依舊重逢了。或許，就算這些年我和殷硯好好地交往著，總有一天，小品還是會出現。

有些人是有緣無分，有些人則是緣起不滅。

要當作我是想藉此沖淡自己變心的愧疚也沒關係，但我眞的爲他們感到高興，他們是命中注定的，而我只是過客，從以前到現在到未來，我都只會是過客。

就如同殷硯也只是我生命中的過客一樣。

體會到這一點，我不禁哭了起來，不是出於痛苦、也不是出於難受，只是人總是會爲離別而感傷，爲此感受到人生的無常。

可是我很自私，我不會告訴殷硯有關池呈安的事。就如同這麼多年來，殷硯都不清楚我在演藝圈的生活一樣。

我還是想保護自己，保護池呈安。

尾聲

「歡迎回到『點點滴滴』，很快節目就要進入尾聲了，最後我們要來聊聊樓有葳主演的電影《後巷的女人們》。這部電影是由小說改編，即將在下個月上檔，而姊妹作《高樓的男人們》也將在三個月後上映。雖然小說是姬方老師所撰寫，不過編劇是出自吳雨錚老師之手。」

「我看過姬方老師的原著小說，劇情轉折非常厲害，後面的發展完全料想不到。」滴滴說起姬方便滔滔不絕。

姬方，就是姬品珈。

我與她第一次見面，是在劇組和出版社人員開會的時候。

從姬品珈的神情和態度來推測，我認為她並不知道我就是殷硯的前女友，而殷硯在工作上也表現得相當專業，面對我時並沒有太多的不自在或尷尬。對此我十分欣喜，又有點恍惚，我看過他的年少時期，卻沒看過他如今的模樣。

束縛了他這麼多年，令他痛苦了這麼多年，我非常過意不去。

會議結束後，我與吳雨錚老師因為合作這麼多年來第一次見面，所以在會議室多聊了半小時，然而離開時，我卻見到姬品珈在大廳等我。

站在她身後的殷硯有些慌張，讓熊妍以為要上演修羅場了，連忙擋在我面前，但姬品

珈從提包裡拿出了一封信。

然後，我終於能確認自己的猜測了——姬品珈真的就是姬雪的女兒。

有的時候，我會有種世界其實很小的錯覺，小到使任何人都可能連繫在一起。

「我媽媽說，謝謝妳，除了謝謝，她無法表達更多了。她要妳加油，她也會跟妳支持她一樣支持妳。」姬品珈笑著對我說。

存在我心中很久的那個小品的形象，此刻終於眞正化爲具體，來到我的面前。

我噙著眼淚拉起她的手，說出了我和殷硯都最不想承認的事實。

「一直以來，我都是小品的替身，殷硯從來沒愛過我。」

我們都明白，我和殷硯之所以牽扯這麼多年，除了因爲我要殷硯用妹妹的名字發誓，也是因爲我與小品太過相像。

在殷硯找到小品以前，我都是她的替身，即便沒有朝夕相處，可至少我確實存在於殷硯碰觸得到的地方。

所以當殷硯找到小品後，我們的交集更是急速減少。支撐著我們的感情的，除了愧疚，就只剩下那無意義的誓言。

他的表現自始至終都不是出於成熟或體貼，而是由於他並不眞的愛我，我並不是眞正的小品。

這一點曾經令我覺得自己很可悲，此刻卻成了我的救贖。

「妳就是殷硯的前女友嗎？」姬品珈心領神會，她回頭看了殷硯，又看了我，然後做出令我難以置信的舉動。

她伸手擁抱了我。

「原來如此，這是祕密對吧？我永遠也不會和別人說的。」她在我耳邊輕聲說。

殷硯和余潔、高立丞一直忘不了的小品，就是這樣的女人。

✦

「那個，我們有葳好像恍神了喔。」滴滴的聲音把我拉回現實。

「啊，抱歉，我眞的恍神了。」我笑了聲。

「這樣不行喔，怎麼能在工作的時候恍神呢？」點點故作嚴肅。

「眞的很抱歉，不過我能再做一件更失禮的事嗎？」我問，一邊拿出了手機。

「妳該不會要回訊息吧？」滴滴開玩笑，我卻點頭。

「相信我，你們不會後悔的。」我笑著說，然後點開和他的聊天視窗，請他直接進來，「明明是宣傳《後巷的女人們》，卻沒有出現男主角，不覺得有點可惜嗎？」

點點和滴滴倒抽一口氣，「等一下，妳的意思是……」透過他們移動的目光，我知道他已經來到外頭了。

我轉過頭，只見熊妍瞪大眼睛，她驚慌地指著他又指了我，雙手在半空中比了個大叉叉。

可是這一次，我不想再隱瞞了。

無論是什麼樣的地下戀情，都勢必有攤在陽光下的一天。沒有什麼見光死這種事，陽光只是讓我們看得更加透徹罷了。

他推開錄音室的門，聽眾們應該也能聽見門開啟的聲音。

「等一下，我弄錯了嗎？這是電臺安排的驚喜，還是凡人給的驚喜？或者是有葳妳自己……」點點驚慌地站起來，匆忙從一邊的櫃子裡拿出另一副耳機插上線。

而他自然地坐到我身邊，節目還在進行，熊妍根本沒辦法進來阻止，我想林姊此刻大概也急得跳腳。我能想像周起言看好戲的模樣，也能想像如果殷硯得知了，將露出怎樣的笑。

「稍早，點點和滴滴提到，你們電臺曾經有個聽眾打電話進來告白，最後成為『點點滴滴』節目的傳奇。」他一開口，我猜所有聽眾心中應該全都冒出了大量驚嘆號。

然後他牽起我的手，朝我一笑，我也回握住他的手，點點滴滴兩人盯著我們交握的手，發出了驚叫。

「這一次，我們是不是也能成為另一個傳奇呢？」池呈安微笑。

「你們這個意思是？等等，我理解錯誤了嗎？」點點看著滴滴。

「沒有錯誤，這是真的。」滴滴和點點對視。

於是，他們異口同聲向觀眾宣布：「各位，你們看不到這美好的畫面，池呈安和樓有葳的手居然牽在一起！這代表什麼呢？」

「這代表，我們只剩下十五分鐘的時間能逼問他們的戀情了！」點點大喊，將桌面上的資料全數往空中一丟，成了天女散花。

我笑了起來，就說他們會後悔預留太少時間了。

一張張白紙在空中飄舞散落，池呈安側過頭凝視我。

我想起十八歲時的他，穿著夢幻高中的制服站在便利商店前。

十九歲的他捧著花束來到我就讀的高中，祝福我畢業快樂。

二十歲的他，在電話那頭說對我好感度倍增，瘋狂誇獎我的嗓音好聽。

二十一、二十二、二十三、二十四……直到現在，而我還會看著他好多年。

他會成為過去、現在，以及未來，都存在於我的生命中的人。

我不需要他以任何人的名字起誓，也能確信他不會離開。

全文完

後記　繁星點點，唯你耀眼

謎之系列第四集終於出版了，正式的系列名稱是地下戀情系列。

在撰寫這個系列時，我和編輯們私下是稱地下戀系列，四本書所描寫的愛情都是見不得光的隱密戀情，在《你是星光燦爛的緣由》中，樓有葳也稍微提及了地下戀的苦處。而貫串這四個故事的，就是我們點點滴滴的電臺啦！

學生時代的我非常愛收聽電臺，還幻想過有一天可以成爲電臺主持人或配音員，所以後來才有了僞電臺這個企畫。不知道大家現在還有收聽廣播的習慣嗎？

我記得那時我每天睡前都會聽著主持人好聽的嗓音，以及call-in聽眾的煩惱，心想自己長大後也要call-in進去，然而卻從來沒有眞的打過電話。

於是，我讓小羊和練育澄打了call-in電話、我讓樓有葳接受了電臺訪問，有一種藉由小說，讓我的主角實現我曾經的小小夢想的感覺。

關於故事裡提到的便利商店美少女徵選，其實有部分算是我的親身經驗，我在學生時期參加過便利商店的「便當少女」徵選，爲此我每天都認眞地投自己一票，結果最後和樓有葳一樣，也有個莫名其妙的人在短時間內超越我的票數，衝到第一名，當時眞是氣得不得了。

關於樓有葳和殷硯的關係，你們猜到了嗎？在讀完《我想你在我的故事裡》後，就有一些小Misa猜到了，大家眞是了解我的套路呀！

但池呈安是不是一個大驚喜？我終於讓戀之四季系列中，那位夢幻高中傳說中的學長正式登場了，同時也提及心理病系列的綠茵和河東高中，Misa宇宙在此完成，請爲我的頭腦喝采。

另外一個彩蛋，便是凡人娛樂經紀公司的大老闆柯總了，這同樣與心理病系列有關。亟欲把紀衛青拉進娛樂圈的柯喻宸，你們還記得她嗎？

大家有發現我乾脆地把彩蛋都講明白了嗎？雖然我很愛吊人胃口，以往答覆總是點到爲止，可是點到爲止的話，就會有熱情的小Misa來信詢問，所以這次我決定在後記裡一次解答。XD

而周起言這顆彩蛋，在《我想你在我的故事裡》中就已經被大家注意到了，他的名字來自「戀與製作人」這款手遊三位男主角的名字各取一字。有小Misa問我把教授放在哪了？嗯，教授被放在名字以外。

話題再回到池呈安身上吧，關於樓有葳參與池呈安的大學畢業典禮時，在一旁看著的男女友人，以及池呈安抱怨林姊對他的大學同學施壓，這些橋段曾出現在《黑夜裡的螢光》。沒錯，林姊第一次出場是在《黑夜裡的螢光》，當時池呈安就喊過她「林姊」了。

祝螢之曾說過，池呈安就如卓孟萱所提醒的，始終愛惜羽毛，出道多年都沒傳出緋聞。不過畢竟池呈安眞正所愛的樓有葳，也是不能公開的地下戀。

寫到此處，大概把我所埋下的系列相關彩蛋都公開了。

你們喜歡樓有葳的故事嗎？

多年以後，我終於向大家交代了池呈安的歸宿。

在寫《你是星光燦爛的緣由》時，配合樓有葳的工作性質，需要描寫一些ＭＶ劇情或是廣告內容，我會一邊寫一邊想像那部戲劇或廣告的畫面，雖然只寫了一本小說，卻感覺像寫了好多故事。

我其實也稍微想過《後巷的女人們》與《高樓的男人們》的劇情，雖然心中曾經冒出有朝一日或許可以寫寫看的念頭，但是當我收到小Misa來信詢問「能不能寫出來呢」的時候，瞬間還是只想說——

喔，請容我拒絕。

哈哈哈哈，因爲怎麼感覺有點累啊，我是給自己挖了坑嗎？

大家看過《玩偶遊戲》嗎？後來的翻譯書名是《孩子們的遊戲》。在故事中，女主角紗南和直澄拍了電影《水之館》，而那部電影成爲紗南和羽山之間的轉捩點，後來小花美穗老師還特別畫出了《水之館》的故事。

當年我覺得這太酷了，故事中的故事，眞的獨立出來成爲了另一個故事。

因此，我才有點萌生寫出《後巷的女人們》與《高樓的男人們》的想法，不過一想到眞的要寫，就好累。（到底多累）

我是一個能坐就不站、能躺就不坐的人，所以口頭禪就是「好累」，還太常講到有一次弄得當時在我身旁的人生氣，讓我很慌張哈哈哈。

說了這麼多，謝謝你們看到這裡，謝謝你們喜歡我的故事，謝謝你們喜歡Misa，也謝謝馥蔓和思涵，總是忍受我的各種拖稿和瘋話。

我們下本書再見啦！

Misa

國家圖書館出版品預行編目資料

你是星光燦爛的緣由 / Misa著. -- 初版. -- 臺北市：
城邦原創出版：家庭傳媒城邦分公司發行, 2019.12
面； 公分

ISBN 978-986-98071-3-5（平裝）

863.57 108019010

你是星光燦爛的緣由

作　　者／Misa
企畫選書／楊馥蔓
責任編輯／陳思涵

行銷業務／林政杰
總 編 輯／楊馥蔓
總 經 理／伍文翠
發 行 人／何飛鵬
法律顧問／元禾法律事務所　王子文律師
出　　版／城邦原創股份有限公司
台北市中山區民生東路二段 141 號 6 樓
電話：(02) 2509-5506　傳眞：(02) 2500-1933
E-mail：service@popo.tw
發　　行／英屬蓋曼群島商家庭傳媒股份有限公司城邦分公司
聯絡地址：台北市中山區民生東路二段 141 號 6 樓
書虫客服服務專線：(02) 25007718．(02) 25007719
24小時傳眞服務：(02) 25001990．(02) 25001991
服務時間：週一至週五09:30-12:00．13:30-17:00
郵撥帳號：19863813　戶名：書虫股份有限公司
讀者服務信箱 email：service@readingclub.com.tw
城邦讀書花園網址：www.cite.com.tw
香港發行所／城邦（香港）出版集團有限公司
地址：香港灣仔駱克道 193 號東超商業中心 1 樓
Email：hkcite@biznetvigator.com
電話：(852)25086231　傳眞：(852) 25789337
馬新發行所／城邦（馬新）出版集團 Cité(M)Sdn. Bhd.
41, Jalan Radin Anum, Bandar Baru Sri Petaling,
57000 Kuala Lumpur, Malaysia.
電話：(603) 90563833　傳眞：(603) 90576622
Email：services@cite.my

封面設計／Gincy
印　　刷／漾格科技股份有限公司
電腦排版／陳瑜安
經 銷 商／聯合發行股份有限公司
客服專線：(02)2917-8022　傳眞：(02)2911-0053

■ 2019 年 12 月初版
■ 2022 年 11 月初版 9 刷
Printed in Taiwan

定價 / 270元

ISBN 978-986-98071-3-5

POPO城邦原創
www.popo.tw
城邦讀書花園
www.cite.com.tw